四人組がいた。

髙村薫

文藝春秋

四人組がいた。

目次

四人組がいた。

四人組、怪しむ

「鉄道駅のある最寄りの町から三桁の国道に入り、山間の苔むした隧道《ずいどう》を四つか五つ通り過ぎてアスファルトの鋪装もかなりぼろぼろになってくる辺りに、今度はさらに山奥へと分かれてゆく一本の道があります。入り口に『気球の里』という手書きの立て札が立っているのですぐに分かります――いつ読んでも傑作だね、この書き出しは」

元村長が、古びた小冊子の一ページ目を読み上げて言う。朝となく昼となく、することのない村の人びとが旧バス道沿いの郵便局兼集会所に集まると、窓口に置いてあるその冊子を元村長が必ず手に取るのは、二十年前に自らがそれを書いたからだ。そして、元村長が思いつくままにその一節を読み上げると、ストーブにかけた薬罐《やかん》の湯気で眼鏡を真っ白にした元助役が、物憂げな顔を振り向けて「隧道というのは味があるな、うん」などと相槌を打つ。

その隣では、郵便局長が日に一度の集配の便を待ちながら、もう欠伸《あくび》をするのにも飽きたという顔をしてストーブに見入り、さらにその隣には、日に数台しか通らない車を相手に郵便局前の路傍で野菜の直売をしているキクエという小母さんの顔もある。いつ次の車が通るか知れない果てしない時間をストーブのそばで編み物をして潰しながら、キクエ小母さんは耳だけはそばだてていたか、顔も上げずに一言曰く、

「温泉客の案内なら、温泉の看板を立てないと」

キクエ小母さんの時間は、おおよそ日の出から日の入までの一日単位で更新されてゆくので、二日前も二十年前もその頭のなかには存在しない。しかし村に温泉が湧いた二十年前、温泉客のための看板を立てるべきだと言ったのは、たしかにキクエ小母さんだったから、ほぼ毎日繰り返されるその弁を誰も否定はしない。代わりに、元村長と元助役はガラス戸の外の旧バス道の先に立つ立て札のほうを見るともなく見やり、郵便局長は壁の時計を見上げ、揃ってあまり意味もないため息をつく。かつて村の案内冊子にも書かれた立て札はまだそこにあるが、『気球の里』という文字はすでになく、代わりに『明るい農村』とある。また、肝心の一本道のほうは入り口を鉄柵でふさがれ、いまはもう一つ、『国有地』と書かれた立派な看板が立つ。

ひと息置いて、元村長が自慢の小冊子のページをまた一枚めくった。

「国道から分かれた道は、春から秋まではイノシシやサル、冬はシカ、ウサギ、キツネなどに出逢うこともあり、峠を越えると、うつくしい棚田の風景が広がります。春は山桜の春霞に包まれ、夏は山と棚田の緑がむせぶほどに濃く、秋は紅葉が照り輝き、冬は一面の雪が薄墨の世界をつくり——このあたりはPR用だから少々誇張したけどね」

「おかげでポスターの写真を撮るのに苦労した」

郵便局長がストーブの火でてらてらと額を光らせて呟き、「写真家にはいい金を払ったよ」と元助役が言い、ふっふっとキクエ小母さんは肩を揺する。その後ろのガラス戸の外に見えるのは、紅葉が終わったのに雪はまだない、灰色に枯れた山肌と、鋪装の剥げかけた土色の旧バス道だ。

「うん、まあそうだった。――谷川には天然温泉が湧き、去年村営の温泉施設も開業しました。お手頃な料金で、自然の懐に抱かれて湯に浸かり、川魚と山菜の素朴な料理を堪能することが出来る秘湯の宿です。村では、この豊かな自然をもっと広く知っていただくために、来春、当地区で村主催の気球フェスティバルを開催するとともに、それに先駆けて今春、当地区はハイキング、渓流釣り、ノルディック・スキー、温泉、陶芸体験と四季を通じて楽しめる山里に生まれ変わりました。村民の公募で決まった新しい名前は『気球の里』です――おかしな名前だよ、まったく。私は最初から気に入らなかった」

「村長が選んだ名前じゃないか」

曲がった背中を丸め、編んだ毛糸をちりちりとほどきながらキクエ小母さんが言う。その傍らでは、郵便局長がやっとストーブから顔をあげて正午前を指している壁の時計を見やり、

「干しイモでも焼くか」

ストーブに載せた網の上で干しイモがキツネ色になる。元村長も冊子を置いてイモを食う。キクエ小母さんが出涸《でが》らしのお茶を湯呑みに注ぎ、しばしみんなでそれをすする間に、時計の

針はまた少し進んだ。

「それで、あの気球アーティストとやらの名前は何だったかな。芸術家だか何だか分からない、あの――」

思い出したように言う元村長の声に誘われて、元助役たちの脳裏には一つの顔が浮かんでくるが、名前などはもう誰の記憶にもない。うん、あの男だなとうなずき合い、ほどいた毛糸の編み直しに忙しいキクエ小母さんを除いて、男三人はガラス戸の向こうに立つ立て札を、眩しげに仰ぎ見る。その眼のなかでは、『明るい農村』の文字はいまも『気球の里』のままだ。

二十年前の夏、自称気球アーティストは温泉に逗留して気球を制作しながら、ときどき肩まで垂らした長髪と刺繍付きのジーパンと下駄という出で立ちでバス道まで降りてきて、雑貨店でアイスクリームを買い、それを食いながら再びぶらぶらと山道を戻っていった。郵便局長や野菜売りのキクエ小母さんが覚えているのは、アイスクリームを食いながら、村が立てた『気球の里』という立て札を斜めに見やり、ふいと鼻で笑ってゆくその姿だ。

もともと何かの雑誌に載っていた気球のフェスティバルを村でも開催しようと企画したのは元村長だったが、当該地区の山持ちで、村営温泉の理事長におさまっていたマツ吉という男があまりいい顔をせず、村長や村議や郵便局長が説得をした末に、それなら自分に気球制作を任せろというマツ吉の要求を呑んだところ、しばらくして現れたのがそのアーティストだった。一度、マツ吉が本人と一緒に役場に現れ、名刺やこれまでの経歴を記した派手なパンフレットなどを置いていったが、英語で書かれていたので誰も中身は読まなかった。

　アーティストが気球を制作していた一カ月間、村の誰も現場を訪ねなかったのは、制作中の芸術家を集中させてくれとマツ吉が言ったことに因《よ》る。そうは言っても、村が制作費百万円を支出する以上、元村長は不安に思ったこともあったが、そもそも人づきあいの悪いマツ吉をあの手この手で強引に説き伏せて私有地に温泉施設をつくった経緯もあり、そこに多少の遠慮や気後れがあったことは否めない。

　それは元村長と一緒になってマツ吉を説得した郵便局長らも同じで、郵便局長は築七十年の板壁の郵便局の建て替えをもくろんでいたし、二十年前はまだ女盛りだったキクエ小母さんなどは、温泉が流行れば自分もまだまだ一花咲かせられると思っていたふしがある。現に、あまりパッとしない亭主を家に置いて、温泉の開業と同時に真っ先に宿の仲居に名乗りをあげたキクエ小母さんだったが、マツ吉の奇妙なこだわりのせいで、結局、秘湯の宿に女性従業員が入ることはなかった。

　そういう事情で、そのアーティストが逗留していたころ、温泉で働いていたのは男やもめのマツ吉と、その双子の息子だけであり、アーティストがどんな仕事をしていたかを知っていたのも、その三人だけだったことになる。しかし、マツ吉はもちろん何も言わなかったし、ときどき買い出しのために軽四輪でバス道に降りてくる双子の息子は聾唖《ろうあ》なので、これも何も言わず、元村長たちは結局、完成した気球と対面するまで、それがどんなものか知らずにいたわけだった。

　夏の終わり、マツ吉から気球のお披露目をするという連絡が役場に来て、元村長以下、当時はまだ数名はいた子どもを含む二百名ほどの村人が、その日の夕暮れに車を連ねて山道を登っていった。なぜか夕暮れに来いという、その理由も分からなかったが、ともかく色鮮やかな気球第一号が山里の赤い空を飛ぶさまを誰もが想像した。

　そうして午後五時ごろ、谷川沿いに立つ温泉宿の前に着くと、ふだんは葬式にも野良着で現れる変わり者のマツ吉が、樟脳《しょうのう》の臭いのする背広を着込んで立っており、アーティストがいま準備をしているのでもう少し待てと、偉そうに言う。しかし、目の前には夕日を浴びて黒ずんでゆく棚田とその上の尾根があるばかりで、どこにも気球は見えない。いい加減不安になってきた上に、日が傾くにつれて山にはガスが湧きだし、夕焼けすら消えてゆかんとするのを仰ぎ見ながら気が気でなかった、あの奇妙な時間を思い出すと、元村長はそれだけでみぞおちがもぞもぞし、「あのときマツ吉はどんな眼をしていたのかな」などと言ってみる。すると、

「気球が現れたときか？　誰が見ているか、そんなもの！」

　ふだんは口を開くのも物憂げな郵便局長が笑い、

「それどころでなかったな、うん」元助役も言い、

「まあ、私もそうだったけど」元村長が言うと、編み針を動かしながら「あたしは見たよ、あの眼だよ」キクエ小母さんは言い、「ああ――」男たちは揃ってため息をついたが、続く言葉

がなかった。しかし、自分は見たと言うが、どんな眼だったかを説明できないのはキクエ小母さんも同じだ。マツ吉という男は鬼籍に入って七年にもなるいまでも謎に満ちている。

「しかし、とにかく気球は現れたからな」元助役は言い、

「うん、現れた。あたしらの気球が」キクエ小母さんも言い、元村長は自分たちの見た光景をさらに少し思い浮かべた。

濃くなってゆくガスで尾根の稜線も見えなくなったころ、あの長髪のアーティストが棚田の上に現れ、腕を大きく回して上を見ろという身振りをした直後、尾根の上から白く光る丸いものがぼうっと上ってきた、あの忘れもしない瞬間、二百人の村人は誰も声も上げなかった。明るい色に塗られ、プロパンガスの炎でぼうぼうと炙《あぶ》られながら浮かび上がってゆくあの熱気球ではない、直径十五メートルもある青白い風船の化け物が山間に浮かんだその姿は、しかし月のようだというのでもなかった。だいいちそれは、ふわふわと浮かんだかと思うと棚田をゆっくりと転がり落ち、畦《あぜ》などに当たってまたふわりと浮かび、またふわりと落ちて転がってゆくのだ。

「あんな気球があるものか――初めはそう思った」

元村長は言ってみたが、自信がないのはいまも変わらない。あれはアートか、否か。

「しかし、新しい感じはしたな、うん」昔から、正直なのか無神経なのか分からないところのある元助役は言う。

村人たちは当時、顎が外れたような顔をして気球を仰ぎ見る者、笑いだす者、気球を追いかけて走りだす子どもといった具合で、誰も失望した様子ではなかったばかりか、どこからか感嘆のため息まで漏れてきて、このときを待っていたようにマツ吉は高らかに言ったのだった。

「ほら、これで村がアートになった！　名付けて、インスタレーション『プリズナー№6』！」

あのときのマツ吉の眼は――。元村長はまた少し思い出してみるが、ガスのなかを浮遊する青白い光の玉と重なってしまい、気味悪い感じという以外にやはり言いようはなかった。「あれはマツ吉が考えたんだよ。あの男は昔から、頭が弱いわりには、どうにも芸術家という感じがしてならなかった」

郵便局長が言い、「俺もそう思った」元助役が続け、そうだ、自分もそんな感じがしていたのだと元村長は思う。山持ちだった先代が、変わり者の息子の将来を案じた末に、炭焼き窯に粘土の茶碗や皿を放り込んで陶芸家もどきを名乗らせる前から、マツ吉は山にビニール傘を二十本、三十本と飾ったり、谷川の石を真っ青に塗ったりだったのだ、と。先代も、弱視とやらのおかげで戦争に行かずにのうのうと暮らしてきた男だったため、おかしな息子が出来たのはその祟《たた》りだと村では言ったりもした。その先代が亡くなったあと、マツ吉はどこからか連れてきた娘と所帯までもち、二人して裸足で山を歩いている姿は、どこか絵のようだった気もするが、生まれてきた双子の息子は出生届さえ出されずに山で育って、村人たちが聾唖だと気づいたのは、二人が成人してからだった。それが、ちょうどあの気球騒ぎのころになる。

「だったら、あのプリズナー何とかもマッ吉の考えか。ああ、そうだと思ったよ。あのアーティストは、初めからインチキ臭かった。あたしら、マッ吉に騙されたんだよ」

今度はキクエ小母さんが独りごち、男三人は大きくうなずく。

あのお披露目の日、とっぷり日も暮れたあとでアーティストが棚田から降りてきたとき、あらためてその顔を拝むと、本人はチューインガムを嚙みながら、曰く「このシュールな感じと山の自然のミスマッチが、アプロプリエーションのいう神話というやつですよ。ぼくが思うに、現代アートはもう新表現主義やミニマリズムの時代ではない。シミュラークルのノスタルジーを、実験的インスタレーションで神話にするシミュレーショニズムがアートの最先端です。ま、楽しんでいただけたら、それでいいですけど」ときたものだった。しかし、その意味不明の片仮名の洪水と、眼の前にある顔のなんとも凡庸な無産階級的弛緩こそミスマッチだと、元村長たちは直感的に感じ取ったものだ。そして、プリズナー何とやらの名前の意味を尋ねると、アーティストの答えは、

「昔、そういう名前のテレビドラマがあったじゃない。謎の白い気球がどこからか現れて主人公を監視している、すごくシュールでイカしたドラマ！」

しかし、村にはそんなハイカラなドラマを観たことのある者は誰もいなかった。後に、元村長たちは参考までに『プリズナーNo.6』なるドラマのビデオを買って観てみたが、なにしろ外国のドラマだったし、謎の村に捕らわれているらしい男がなぜか白い気球に追い回されている

だけで、初めの三十分で全員が寝てしまった。それでも、自分たちの山里を飛んだ気球が、ドラマに登場したものよりはるかに大きいことと、蛍光塗料で夜もぼうっと輝いている自分たちの気球のほうがはるかにうつくしいことだけは確認して、ほんの少し気が楽になったということはあったものだ。

ともあれ、百万円をかけた気球がこれでは、村おこしのフェスティバルは諦めざるを得なかったが、千部も刷った案内冊子まで捨てるわけにはゆかず、『気球の里』という名前はそのまま残ることとなった。ちょうど世は超常現象だのニューサイエンスだのがブームだったので、山里を浮遊する気球は若者たちの知るところとなり、噂が噂を呼んで訪れる観光客が増え始めた。マツ吉が従業員を雇わないため、一日七組と宿の客数は限定されていたが、ドライブがてらに見物に来る人びとの車が国道まで列をなして、町から駐在の警官が交通整理に来るほどだった。一方、日暮れに飛び始める肝心の気球は、尾根の向こうの小屋で双子の息子が毎日ヘリウムガスを入れ、遠目には見えない重りをつけて棚田のほうへ転がし落とすのだった。すると、それは青白く発光しながら、音もなくふわりふわりと棚田を行き来し、谷に沈んではまた上ってゆく。ときには元村長たちも、月が落ちてきたような幻覚に襲われることもあったほどうつくしくもあり、不気味でもあるその光景は一晩じゅう続き、夜明けと同時に霧のなかへ消えてゆくという具合だ。

「巫女とか、裸で踊る舞踏家とか、いろいろ来たもんだ」

「電気で鳴る楽器の演奏とか、ヨガの瞑想会とか」

元助役と郵便局長は言ってみるが、その端から言葉にならないもどかしさを感じて口が重くなるのは、その幻想的な気球の風景を何かしら異様にしていたものがあったことを思い出すからだ。一期一会の温泉客には一風変わった親爺程度の印象だったのかもしれないマッ吉の、日に日に乾いた松かさのようになってゆく無表情と、双子の息子の、キノコに似たつるりとした顔が、人けのない山里で何かしでかしそうな不気味な感じを増していたこと。そして、温泉宿の賑々しい繁盛にそんな影が差しているのを、謂《い》われもなくひそかに恥じたり、畏《おそ》れたりしていた自分たち村人の、すっきりしない気分のこと。

「ふん、野菜売りの婆さんには関係ない話さね。あの気球で儲けたのはマッ吉と、農地を売ったところと、にわか土産物屋をやった清兵衛のところと、食堂をやった米村の息子夫婦と——いや、そういえば役場と郵便局も建て替えたんだから、村もうまくやったということだね。あたしら村民がもらったのは、落成祝いの紅白饅頭だけだったけども」

キクエ小母さんが編み物の手も止めずにぶつぶつ言う傍で、

「まあ、村が儲けたのは事実だ」元助役がストーブにかざした手を忙《せわ》しげにこすり合わせ、元村長と郵便局長は「うん、まあ」と歯切れの悪い相槌を打ってみたが、世の中には公に説明しがたい微妙な事情というものがある。たとえば、気球を村が商標登録した件についても、初めに制作者のアーティストと交わした契約にその条項は入っていなかったのだが、村が金を出してつくった以上、村に入る金を増やさなければという村議会の声もあり、絵葉書や饅頭などの土産物から商標の使用料を得るのは一番穏当で手軽な道だった。しかも、事前にマツ吉にも相談したことであり、そんなことは好きにしたらいいとマツ吉自身が言ったのだから、村が儲けた金で役場を建て替えたことに、何も問題はなかったはずだ。

一方、郵便局のほうは、局長の息子が村に一つしかない建設会社を営んでいたこともあり、観光客の増加に合わせた国道の拡張工事の費用を一部ごまかしたのだろう、いつの間にか建て替えられていたのだが、それも村人の多くが作業員に雇用された以上、一種の公共工事だったのであり、おおっぴらに後ろ指をさされることでもない、と元村長は思う。

「あの気球には、そりゃあ初めは驚いたけども、結果的に村おこしにはなったのだし、大きな事故もなかったし、まあ成功ではあったのだ、ある時期までは」

元村長は言い、ほかの者たちもあいまいにうなずく。

「しかしそうは言っても、あの気球はやはり何か変だった――」

元村長はもう一言いい、ほかの者たちももう一つうなずく。

「しかし、みんな、いつ気づいた？」

元村長はさらに言い、元助役たちはうん、まあ、なんとなくと言葉を濁したが、実際、誰にとっても気球の正体については、それぞれの頭のなかではっきりしたかたちがないのであり、何か変だというのは初めから直感の域を出ない話なのだった。一方、村人たちがそんな直感を抱き始めた時期については、『気球の里』誕生から五年目にテレビの取材が入ったときだったという認識でほぼ一致している。

「あのときだ。尾根向こうの気球の小屋を探しに行ったカメラマンたちが遭難したとき――」

郵便局長は言い、ほかの者たちは同時にぶるっと身を震わせ、それぞれにまた少し記憶を新たにする。

東京から突然テレビ局の取材班がやって来た五年目の冬、元村長たちはマツ吉が承知しないことは分かっていたので、あえてマツ吉には了解を取らずに取材班を山へ送り込んだ。ところが、尾根の向こうにあるはずの気球の小屋へ向かったカメラマンと助手が夜になっても戻らず、消防団と警察が出動する騒ぎになって、結局カメラマンたちは翌日、小屋とはまったく違う方向の谷筋で凍死しているのが見つかった。かくして、マツ吉が代々の先祖の土地を他人に踏み荒らされたと怒り狂ったのは予想したとおりだったが、元村長たちがいまもどかしく思い出すのは、そのことではなかった。

ほんとうはそれまでにも年に一、二件は、観光客たちが立ち入り禁止の立て札を無視して山に入り、遭難する事故があったのだが、そのつど村の繁盛を優先して事態を深刻に受け止めてこなかった自分たちの、いっぱしに張った欲の皮のことが一つ。また、そもそも村人たちでさえマツ吉に棚田を借りているだけで、山菜採りに山に入ることさえ出来ないにもかかわらず、そんなマツ吉の山に村営温泉を建てた自分たちの無計画さが一つ。さらにまた、ついに死者まで出したのも、元はといえば素人が入れるような道もない冬の山に、テレビの取材班を勝手に入れた自分たちの、能天気が一つ。そして何より、そうは言ってもさほど深い山ではない上に、小屋で気球を上げるためにマツ吉の息子二人が付けた道があるところで、大の男二人が遭難したことの不思議さが一つ。

そういうわけで警察も消防団も首をかしげた遭難ではあったのだったが、しかし、事ここに至る『気球の里』の経緯もあり、元村長たちはあるところで思考を停止し、現在に至っているわけだった。そうして、何かが変だという直感だけが膨らんだり縮んだりしながら、いまもふいにやって来ては、いまさらどうなるものでもないというため息と化す。しかし、この明るい村ではため息も口から出る屁のようなものなのであり、元村長たちはストーブの前でちらりと顔を見合わせて呵々《かか》と笑い、また眼を逸らせると、

「ほら、来たよ」

元助役がストーブの薬罐の湯気越しに顎で指した先には、集配のバイクが一台、旧バス道を上ってくる姿がある。

「皆さんお揃いで、また気球でも飛ばす相談か」

わずか十数通の郵便物を届けにきた配達員は、元村長たちにそう声をかけてゆく。

「なんなら加えてやろうか」元村長は言い、

「ばか言え、また恐いことを考えているくせに。まったく、山里が純朴だなんて、どこの誰が

言ったんだか！」

配達員は、軽く片手を振って早々に旧バス道を引き返してゆき、元村長たちは一息おいて、「誰も言っていないけどな」と呟き合い、また少し退屈しのぎに笑ってみる。

山里が純朴？　そもそも粘土をこねて炭焼き窯で焼いただけの湯呑みや皿を、マツ吉本人が芸術と称するだけならまだしも、村を挙げてそれを売り出し、それもいまひとつだとなれば次の手を考えた末に、そのマツ吉を騙して村営の温泉宿を建て、ついでに怪しげな気球までつくって観光産業の振興を図った上に、十年間という契約だった土地の貸借期限を、マツ吉が忘れているのをいいことに反故《ほご》にもした、ここはそんな村だ。

もちろん、純朴からほど遠いのはマツ吉も同じで、先代が受けた村八分の仕返しか、棚田を村人に貸すに当たって水源の利用料を毎年値上げするし、村人が入らないよう山のあちこちにイノシシ用の罠をしかけ、たまたまイノシシが捕れると、村に買い取らせて宿の客にぼたん鍋をふるまう。そのくせ、住民税や固定資産税の話になると読み書きが出来ないふりをして、一度も税金を払わず、代わりに自分の焼いた茶碗や湯呑みを村に納付して、村の文化財だと言ってのける。そもそも谷川の川床に温泉が湧いたという話も嘘で、炭酸を含む川の水を引いてボイラーで温めているだけだということは村も承知の上ではあったが、そこに村が建てた村営温泉を、マツ吉が日を置かずして私物化したのは、結局、マツ吉のほうが騙されたふりをして、ちゃっかり村に温泉施設を建てさせたということだ。

そして気がついたときには、インチキをばらされては困る村とマツ吉の双方の利害が一致していたのだが、元村長たちにしてみれば、秘密を共有する相手が悪すぎた。というのも、こうなった経緯を一つ一つ遡《さかのぼ》ってみると、行き着くのは村がマツ吉の一族を村八分にしてきた事実であり、息子を兵隊に取られなかったことや山持ちであることへの積年の嫉妬であり、嘲笑であり、まともな者が一人もいないマツ吉一家への畏れであったからだ。また、さらにはマツ吉を怒らせたら何をされるか分からないという、これも誰が言い出したのか分からない恐怖が村人たちに染みこんでいたことも事態を複雑にした一因ではあったが、しかし、こうした薄暗い感情でもなければ、ダム建設の声一つかからない山間の寒村など、死ぬほどの退屈のあまり、とっくの昔に住民はみな逃げ出していたに違いない。

手つかずの自然はあるが、それだけしかない、まるで眠りこけているような村に、必要とあれば変わり者をつくりだし、贋《にせ》の温泉や現代アートもどきの気球をつくりだし、悪事やインチキのスリルと恐怖を演出して、ああでもない、こうでもないと忙しくささやき合い、覗き合う。これこそ、かの自称アーティストが言ったシミュラークルのノスタルジーとやらであり、村の純朴の《神話》というやつだと、元村長はいまも自信をもって思う。そして、とにかく明るい村ではあったのだ、と。

「それにしても、いやな若造だね。年寄りをバカにして」

キクエ小母さんはちくちく編み針を動かしながら言い、

「今度、単車がひっくり返るよう道に油を撒いておくよ」

元助役が言い、

「崖から落ちたらまずいから、少しだけだよ」

元村長が念を押した傍から、「そういえば、あの税務署員のときは少し多すぎたな」郵便局長が言うと、全員がまた少し同じ光景を思い浮かべたものだ。

気球が生まれて十三年目、そろそろ観光客にも里が飽きられてきたころ、マツ吉は仕合わせなことに心臓マヒで頓死した。ずいぶん人騒がせな人生だったわりには、朝早くに布団のなかで冷たくなっていたという凡庸な最期だったが、右も左も分からない双子の代わりに村で簡単な葬式を出したあと、元村長たちは近いうちに相続が問題になると気づいた。そもそも、山を五つも持っているのに税金を納めていないマツ吉が税務署に睨まれていたのは当然で、ある日見慣れない単車が一台、旧バス道を上ってくると思ったら、それが税務署員だった。

署員は役場でマツ吉の地所を確認し、『気球の里』という立て札をじろじろ眺めたあと、単車で山道へ入っていった。マツ吉の死後、休業していた温泉宿には双子の息子しかいなかったし、二人ではどうせ埒《らち》があかないだろうと思っていたら、案の定三時間ほどして署員は役場へ戻ってきて、温泉関係の契約書と帳簿を見せろと言いだした。しかし、見せろと言われても、温泉用地の賃貸契約書も、賃貸料の支払い記録も、マツ吉と息子二人の雇用契約書や給与明細書も、何もかもがでたらめだったから、もうごまかすほかはない。

元村長たちはマツ吉という人物がいかに困り者だったか、いかに非道だったかを並べ立てることにした。気に入らないことがあると、山道にイノシシの罠を仕掛ける。裸で山を歩く。息子二人の出生届も出さない。温泉が出たと嘘をつく。村が発注した熱気球を勝手に巨大風船につくり変える。税金は払わない。温泉宿の帳簿はごまかす。全部、当たらずとも遠からずだ。

「一事が万事こんな調子だった男を相手に、書類なんかつくれるわけがないでしょう！」

元村長たちは言い、若い税務署員は黙って聞いていた後、木で鼻をくくるような顔をして一言いったものだった。

「あんたたち、たぶん罰が当たるよ」

国の小役人風情が、大きなお世話だ。

「あれもいやな若造だったよ！　ああ、むしゃくしゃしてきた。干し柿でも食べようか。今日はあたしが奢るよ」

キクエ小母さんは、外に置きっ放しの売り物の干し柿を取りに立ってゆき、年内にマツ吉の墓に線香でも手向けてやるかと男三人は話し合う。あの税務署員のではなくて、と。

四人で新物の干し柿を食い、新しいお茶をすする間、外の旧バス道と山肌には雪雲の翳《かげ》が降りてゆく。四人は山道の入り口に立つ『明るい農村』の立て札をまた少し眺めるともなく眺め、元助役はやっと眼鏡の湯気を拭きながら、曰く、

「なかなかいい名前だよ、うん」

「たしかに村の人間は純朴ではないが、洒落っ気はある」

元村長も深々と自信を取り戻して言う。

マツ吉が死んだ後、結局村は温泉宿を閉鎖し、棚田の耕作も放棄した。税務署はマツ吉が遺した山を差し押さえて競売にかけたが、買い手がついたという話を聞かないまま七年が経つ。その間、管理を任された村は、誰も見に来るわけでない里の入り口に新たに『明るい農村』という立て札を立て、たまに通る他県の車を驚かせてきたが、山間に暮らす退屈はその程度で紛らわすことができるようなものでもない。そこで、元村長たちは行き場のない双子の息子を管理人にして、そのまま閉鎖した温泉宿に住まわせているのだったが、それは、いくらかはマツ吉の供養のためだったものの、もとよりそれほど殊勝でもないのが村の人間だ。いずれ山里を再競売にかけるために国の役人が下見に来るときに備えて、双子の息子たちには気球の保全を怠らないよう言い含めてあり、そんな日が来るのを、元村長たちは今日か明日かと待ち続けているのだが、しかし自分たちがほんとうに待っているのは何だろうか――。元村長たちはときどき分からなくなる。

「あ、誰か来た」

元助役が声を上げ、ほかの三人も一斉に旧バス道のほうへ首を伸ばす。里の入り口に白いバンが一台止まり、作業着の男が三人降りてくる。バンの車体には国土交通省河川局と書いてあり、元村長たちはさらに身を乗り出して息を呑む。

「ダムか――」

思わず口々に言い、顔を見合わせ、ため息を吐き出した。二十年前ならともかく、いまごろダムが出来てももう遅い。

河川局の男三人は『明るい農村』の立て札の前で反り返って笑い、続いて入り口の鉄柵の鍵を外して大きく柵を開き、またバンに乗り込んでゆく。

あ、里へ行くつもりだ――。元村長たちはあらためて身を乗り出し、男たちを乗せたバンがすでに獣道と化した一本道へ入ってゆくのを見送って、また少し顔を見合わせる。実際のところ、七年ぶりに通じたその道の先がどうなっているのか、元村長たちもいまは知らなかったからだ。温泉宿に住んでいるはずの双子の息子の姿も、最後に見たのがいつだったか、ほんとうは誰も覚えていない。ほとんど獣のような二人だから、山を好きに駆けめぐって生きているはずだが、確証があるわけでもない。では、気球は？

元村長たちはそれぞれに頭を巡らせてみるが、どの頭にもいまだに不明の回路が一つ二つあり、そこから先がないのは二十年来同じだった。不明なのは、たとえば元村長たちの記憶にある限り、里にヘリウムガスのボンベを運んだのは、二十年前に初めて気球が飛んだ日の前日の一回きりだったこと。重りで調整されているだけの風任せの気球にしては、追いかけると逃げてゆき、長年誰一人近づいた者も触れた者もいなかったこと。

元村長たちはもうあまり喋らず、ストーブの火に見入りながら何かを待つ。旧バス道と山は今冬初めての雪に被われてかたちもなく、里の入り口の立て札もすでに見えない。元村長たちはときどきその入り口のほうへ眼をやり、

「戻ってきたか?」

「いや、まだだ」

その間、ストーブではまた新たにかき餅が焼かれ、お茶が入り、キクエ小母さんの手元ではお地蔵さまの新しいべべが編み上がった。そして日が落ち、郵便局兼集会所のガラス戸の桟にも雪が張りついたころ、元村長たちは固まった身体を伸ばしながら腰を上げる。

いまごろ、気球はやはり雪の棚田をひとり徘徊しているのだろう。一人ひとりがそう確信しながら、なんとなく口にしそびれたのは、恐怖よりも懐かしさで一寸《ちょっと》胸が痛くなったからだ。

四人組、夢を見る

ほれ、車だ！　蟬しぐれが降りしきる旧バス道の下のほうから、わずかなエンジン音がグルルン、グルルン上ってくるのを聞きつけて、元村長は百円玉を一つ囲碁盤に置く。

「はい、女」

するとと元助役も、扇子をパタパタさせながら百円玉を一枚置いて、「男」。むせ返るほどの山の緑を背に、新聞に頭を垂れて舟を漕いでいた郵便局長も、はたと目覚めてはいそいそと百円玉を取り出し、同じように囲碁盤に置いて「男」。その傍らで、野菜売りのキクエ小母さんが、編み物の手を止めもせずに一言いった。

「あの音は軽だよ」

「軽だが、エンジンは新しい。村の車じゃあない」

元村長は言い、郵便局兼集会所の外の緑降る旧バス道へ男三人は目を凝らした。二年ほど前、物好きな都会の夫婦が十キロほど先の草深い耕作放棄地を買ってハーブをつくり始め、いつの間にか加工品や苗の販売まで始めたのが当たって、いまでは週日でも町から客が車でやって来る。その運転席にある顔がほぼ男女半々ときては、ほとんど丁半のようなもので、これを放っておく手はない。その上、ダム建設に先立って開通した谷の向こうのバイパス沿いには、あっという間に建ち並んだラブホテルの群れがあり、ときどき昼間から道を間違えて旧バス道へ入り込んでくる車もある。ああ、日暮れの谷筋にまたたくあのネオン！　田舎のジジババとて狂おしくなる、あの極彩色ときたら——。

元村長はそのときも一寸胸を詰まらせ、蟬の声で我に返った。ともかく、日に数台しか通らない車を相手のひまつぶしとはいっても、うまくゆけば週末のパチンコの資金ぐらいにはなる大事な勝負とくれば、まずは旧バス道を上がってくる車の音が、運転する者は男の年寄りしかいない村人の軽四輪のものか否かくらい、聞き分けられなくてどうする。

ひび割れたアスファルトの旧バス道を見つめる元村長たちの目に緑が沁み、耳がしびれるほどの蟬しぐれが降り続けるなか、最初に道路を横切っていったのはよく育ったタヌキが一匹。それでも懲りずに眺めていると、やがて白の軽自動車が現れ、運転席の顔が見えた。髪が短い。男か。いや、女か。当世、たまに紛らわしい場合もあるので、勝負がつくのになお三秒ほどかかった。

「そら、女だ」

元村長が囲碁盤の上の三百円を回収し、横から出てきたキクエ小母さんの手に口止め料の百円を載せる。その間に軽自動車はさらに近づいてきて、そのまま走り過ぎるのかと思ったら、郵便局の前で止まったものだから全員が少しどきりとした。女と聞いて、キクエ小母さんも目だけ動かした。四人が見守るなか、降りてきたのは黒のスーツを着て黒いカバンを提げた二十歳前後の娘で、それが郵便局の看板を見上げ、ふん！　と意気込む顔をし、それからすたすたと入ってきたかと思うと、勢いよく頭を下げて、コンニチハ！

まるで、テレビで観る高校野球のアルプススタンドにいそうな色黒娘。ひたすら健康的なことだけが取り柄で、それ以上でも以下でもない。それが元村長の第一印象だった。一方元助役は、合併前の村役場の風景を一寸思い出し、毎春こういうのが一人や二人はやって来たものだと、ため息まじりに思った。初めは都会では売り物にならない育ちすぎのウド。数年も経つとさらに育って大木になり、スリッパをバタバタ鳴らしてトラクターのごとく役場を闊歩するのだ、と。

また郵便局長は、親の目にも不細工だった自分の娘の高校時代を一瞬思い出しかけて、急いでそれを頭から追い出し、代わりにタヌキみたいな顔だと白けてみた。最後に、キクエ小母さんが目だけで娘の容姿を品定めして「勝った」と独りごち、早々と自分の編み物に戻ってゆく。

で、この娘、何しに来た？　ここがどこか、分かっているのかな？　分かっていそうにないな、この様子だと。元村長たちが少し気後れも感じながら、顔を見合わせるなか、

「私、保険代理店のハッピーライフから来ました、新人の田中と申します！　よろしくお願いします！」

声だけは蟬にも負けず鈴ふるように艶やかで、築二十年の薄い板壁やガラス窓が、いまにもビリビリと震え落ちそうだった。否、震えたのは山間の農村暮らしで鉛のように鈍った自分たちの身心のほうだというのは分かっていて、元村長たちはひとまずため息をつく。

ダム建設が決まった村だから、補償金目当てに保険レディの一人や二人やって来ても驚きはしないが、町で耳にする保険レディの相場はもう少し年季の入った女性か、男心をくすぐるいい女と決まってはいなかったか。それとも農村のジジババ相手には、このほうが受けがよいというマニュアルでもあるのか。まったく、ばかにしている。

「こんな山奥まで保険の人が――」

仲間を代表して、元村長がまず一言いいかけた。すると、「あ、車だと一時間ですから、全然遠くないですよ！　それに若いですし！」娘はまた震えるような笑い声を立てる。

そうだ、たしかに若い。気の小さい元助役は扇子を一層パタパタさせ、キクエ小母さんは癪《しゃく》に障るときに出る薄笑いを洩らし、元村長は「あの若々しい歯だけはそそられる」とまた一つ個人的な思いに駆られた。ああ、ああいう歯に耳たぶを嚙まれてみたい――いや、まったくあの谷筋のネオンのせいで、ろくでもない想像ばかりやって来る。

いや、さっきから何かへんだ。ふだん、こんなことは考えたことがないのに――。元村長はひとり一寸した違和感を覚えたものの、それはすぐに分からなくなった。

そして、美人以外には愛想のかけらも見せない郵便局長が、おもむろに口を開いて曰く、

「あんた、ここが郵便局と分かっているの？　うちも簡保を扱っているの。ほかに農協の共済もあるしね。いまごろこの地区に保険屋さんが来ても、草も生えないよ」

「あ、でも！　腰痛や骨折に備えて八十歳までお医者さんの診察なしで入れる保険が、掛け捨てで月々千円。千円ですよ、皆さん！　お葬式費用もついてこれはお安い！　それからお孫さんの学資保険に、ペット保険。走行距離が短いとお安くなる自動車保険なんか、超お得ですし！」

　そこでキクエ小母さんが呟いて曰く、

「無免許が当たり前の土地だよ、ここは」

　その通り。千円という保険料に一瞬こころを動かした元村長たちも、あらためてうなずいた。どうせ落ちても田んぼか谷川という土地に免許は要らない。しかも、もともとスクラップ寸前の軽四輪しか走っていない。さらに言えば、都会に行ってしまって、年に一度顔を見せるか見せないかの孫どもにやる金はない。またさらに、腰痛には保険よりマムシエキスのほうが効くし、葬式代などは、生きているやつが頭を悩ませればよい話だ。

　しかし、娘はすかさず「あ、でも！」だった。

「ここへ上がってくる途中、新しい建物が建っていたみたいですし、これからダムが出来て車が増えると、やっぱり保険は必要でしょう！　そうそう、この旧バス道は崩落危険区域の指定がされていますから、火災保険は自然災害特約を付けたほうが絶対お得ですよ！」

「崩落危険区域で自然災害特約は付けられないよ」

郵便局長が白けた顔で言ったが、娘はますます笑みを弾けさせ、うぐいす嬢のような声を張り上げた。

「そんなこと、どうでもなりますって！　私に任せてください、どうせ紙一枚の話ですもん！あ、それで、ここに来る途中に建っていた新しいラブホテルですけど、支配人はお留守ですか？」

「この田舎道にラブホテルなんてないよ」元村長は言い、

「え？　あれ、ラブホテルじゃないんですか？」

「お食事処『ルイ十三世』――」元助役と郵便局長は、同時にため息のように呟いた。

「月末だからね、持ち主はダム工事の測量現場に出前の弁当代の集金に行っているんだろう」

元村長が続けると、

「へえ、そうですかァ！　だったら損害保険に疾病保険、休業補償保険に自動車保険、いろいろ必要ですね！」

娘は明るく数え上げ、元村長たちはまた顔を見合わせて脱力した。このノリの軽さは、唾棄すべきか、羨むべきか。

「あんた、いまの話をちゃんと聞いていた？　ちびた鉛筆みたいなエビフライと、竹輪の天ぷらとウィンナーソーセージと、石みたいな塩ジャケと千切りキャベツと漬け物に、インスタント味噌汁が付いて一折八百円の弁当だよ」

「あ、お弁当は何でもいいです。私、雑食性ですから」

「まあ、たしかに弁当のおかずはいいとしても、お食事処が『ルイ十三世』だよ。おまけに、あの安物の遊園地みたいな建物だよ。そして、持ち主は四十を過ぎて嫁さんも来ない、うらなりときている。これはもちろん、あんたのことを心配して言っているんだが」

「契約さえ取れたら、何だって平気ですよ！　それにあの建物が建っている道路沿いの場所、路肩まで崖が迫っていていまにも崩れそうだし、今年は大雨が多いから、自然災害特約が絶対にお薦めですし！」

それはそうだ。危険で誰も買い手がつかない土地を売ったのは、村なのだから。元村長たちはまた一寸納得したが、すぐにくだんのお食事処についてはは面倒な話がいくつもあることを思い出して、新たなため息を吐き出した。

「あの店に行くのはいいが、その前に話しておかなければならないことがあるから、まあ娘さん、そこへ坐りなさい。キクエさん、麦茶でも出して」

元村長は言い、「水羊羹はないよ」と応じて、キクエ小母さんは流しへ立ってゆく。

「さて、話せば長いんだがね。こんな何もない村でもこの三十年、村おこしにあれこれ心血を注いできて、市町村合併後の三年前には、ついに上流にダムをつくる話が来た。完成は二十年先だが、二年前には谷の向こうに二車線のバイパスも通った。そこで、きれいになった道路沿いに出来たのが、ホテルの群れだ。ちなみに、バイパスの区分は正確には旧隣村になる。だから私たちも穏やかではないわけだが、それにしても連中はうまくやった。何もない山奥に道路を通すうしろめたさも、ホテルが建てばチャラになるというわけで、土建屋が走る、村長が走る、県議たちが走る。いや、工事でうちの村にも多少恩恵はあったけれども、いざホテルが出来てみると、金の問題だけではなかったのだよ、これが。日暮れになると、真っ暗な谷の向こうにネオンが灯り始める。これが赤、ピンク、黄色、緑、青と、まあ万華鏡のようで、それがぐるぐる廻ったり、ぴかぴか点滅したりしながら、この村に楽しげな瞬きを送ってくる。いや、秋波というべきか。雨戸を閉めずに寝ていると、枕許までぴかぴか、ぴかぴか光が届いて、思いがけない夢でも見るか、不眠症になるかだ。真っ黒な夜の山肌に、極彩色の天の川。ときには幻想的でもあるし、ときには胸を焦がすほど狂おしくもある。町の人には想像できないかもしれないけれど」

「ホテルを眺めるその感じ、よく分かります！　私も毎晩眺めていますから！」娘は言い、

「若い娘さんが、毎晩眺めているだけ？　それはかわいそうに」郵便局長が意地悪い口をはさみ、

「ホテルは眺めるものでなく、行くものだ」元助役が呟き、

元村長は虚空を仰いで続けた。

「ホテルの光景に惑わされるのは、夜だけではない。あんたも、ここへ来る途中に見ただろう。

昼は昼で、緑しかない谷筋からピンクの屋根、ブルーの屋根、尖った屋根、丸い屋根が突き出していて、まるでおとぎの国だ。その下で昼間から男女が何をしてようと、もとはタヌキとイノシシしかいなかった山に、ピンクやブルーのお城が出来てみれば、遠目にはもう夢のようなのだ。理屈抜きにこころが躍る。ずっと眺めていたくなる。ホテルは眺めるものでなく、行くものだ？　夢は実現したら夢でなくなる。そんなもったいないことが出来るか。しかも、眺めるのはタダだ。自由だ。まったく、これが人間というものではないか――！」

「人間はロマンチストですね！」娘は感心したように言い、

元村長はまた一瞬何かへんな物言いを聞いたと思ったが、ほかの二人は耳に留めた様子もなかった。

「結局、勇気の問題だな」郵便局長があらためて言い、

「割引券があるらしい」元助役がまた一言いい、

「ないのは同伴者だけだね、たしかに」元村長もつられて言い、あらためて先を続けた。

「ともかく、谷の向こうを眺めるたびに、私たちは嫉妬と羨望にさいなまれた。私たちも、夜空を焦がす不夜城が欲しかった。ところが開発業者たちは、こちらの旧バス道のほうは見向きもしない。曰く、心霊スポットがせいぜいの、山をくり抜いた隧道のせいだというのだが、隧道のどこが悪い。たしかに町の男女が夜にいちゃつきながら運転出来るような道ではないのは認めるが、幽霊は出ない。出ても、ひとだまぐらいだ。昔はもう少しいろいろ出たものだが」

「おかげで楽しみが減ったよ」キクエ小母さんが冷えた麦茶を出して一言呟き、

「ともかくそういうわけで、こちらの村はますます草むすばかりだったのだ。新しく来たものと言えば、この先のハーブ園だけ。ハーブと言えばハイカラだが、要は草だろう。この山奥で草を売るなんて、ほとんど詐欺だよ」

「しかし繁盛している」元助役が一言口をはさみ、元村長は続けた。

「とまれ去年春、転機がやって来た。ああ思い出すよ！　再選を果たした市長が、ベンツに乗って旧バス道を上がってきて、今日のあんたと同じようにそこに車を止めた。そうして、ヤァヤァ元気でやっているかね、諸君——。元は隣村の山持ちの村長で、自分の山にバイパスを通して大儲けして、合併した市の市長になったとたん、そら豆みたいな金の指輪だの、西陣織のネクタイだのをひけらかして歩いてやがる。子どものころは、鼻の穴で蕎麦をすするのが唯一の特技だった男が、だ。それがいまごろ何しに来たのかと思ったら、曰く、四十になる息子が調理師免許を取ったはいいが、定職につかずにぶらぶらしているので、一つ蕎麦打ちでもさせて店を構えさせたい。ついては適当な土地を探してくれないかと、こう来たのだよ。空いている農地を借りて無農薬の蕎麦から栽培すれば、当世流行りのこだわりの蕎麦ということで、十分やってゆけるだろう、とな。まったく、バカがバッジを着けるほど恐いものはない。ああいや、私たちにはまさしくチャンス到来だったさ！　そもそも観光客も住人もいないこの田舎道で、食べ物屋商売が成り立つはずがないが、せっかく舞い込んだ話に乗らない手もない。だいいち、ハーブより蕎麦のほうがまだマシだ。これでやっと村おこしが出来る。二つ返事で、市長の相談に乗ってやったよ」

「あ、その息子さんですが、車は？」娘が早速口を出してくる。

「ポルシェとかいう、潰れたカエルみたいなやつ。そこらじゅうでぶつけまくっているから、免許はないと思うよ」元村長が言うと、

「あ、私も免許ありませんから。しかし外車ですと、保険料は少々お高くなりますねえ」などと娘は言い、
免許がない？　元村長たちはまた一寸顔を見合わせたが、すぐに郵便局長が余計な口をはさんでしまった。

「所有者は親父ということにして、私がディーラーに口をきいてやったのだ。いくら商売でも、あの息子に車を売るのは勇気がいるからね。だから保険を売る相手は親父だ」

「あ、なるほど！」娘は明るい声を上げる。

そうして元村長は先を続けた。

「さて、私たちは市長に提案した。まず、旧バス道沿いに使い途《みち》のない元村有地がある。そこを市が息子に払い下げれば、土地の問題は解決される。次に商売の形態だが、ここはもうラブホテルに限る。バイパス沿いに負けない、夜空に光り輝くやつ。息子が蕎麦を打ちたければ、サービスで出せばいい。本格手打ち蕎麦が食べられるラブホテルだ。あるいは一階が蕎麦屋で、

その上にホテルを載せてもいい。とまれ、場所を選ばないラブホテルなら経営に失敗がないし、いまどき古民家風の日本建築より、新建材を使った張りぼての洋館のほうが、はるかに安く上がる。ここで蕎麦打ちをしたいのなら、合理的に考えてそれしかない、とね」

「あ、やっぱりラブホテルだったんですかァ！」

「いやいや、話はここからだ。私たちの提案に、市長は乗った。採算という一語に弱いんだよ、あれでも気の小さいやつだから。加えて、息子に蕎麦打ちをさせると言っても、そもそもそんなことの出来る息子なら、四十まで親のすねをかじってぶらぶらしているわけがなかろう。要は、仕事を従業員に任せて、自分は遊んでいられるホテル経営のほうが、息子にとっても間違いがないというわけだ。さて、そうと決まれば、私たちもアイデアを出すのに忙しくなった。私たちが提案した以上、成功してくれなければ困る。そこで、やはり市長の息子という立場もあるし、市にはまずお食事処という名目で届けを出すことにした。もともと利用価値がないのだから、元村有地の払い下げ自体に支障はない。問題はなんと言ってもホテルの中身だ。バイパス沿いに向かう客をこっちへ呼び込むには、それなりの創意工夫が要る。ありきたりの鏡張りとか、回転ベッドとかでなく――」

そこで、ちくちく編み針を運びながらキクエ小母さん曰く、

「こんな山奥まで来るからには、わけありのカップルに決まっているんだから、運勢占いの自販機なんか当たると思うよ。それから、アリバイづくりのための電車の音のテープも流すべき

だね。もちろん、祠《ほこら》におく水子地蔵は必需品」

「赤い襦袢《じゅばん》のサービスとか――」元助役も小さく呟き、

「それなら絶対、畳だね」郵便局長も言い、

「ああ楽しい日々だった！」元村長も目を細めた。おとぎの国の城に赤い襦袢のミスマッチもよし。布団を敷いた畳の部屋で食べる蕎麦もよし。商売のための仕掛けなら、こんな田舎者の頭でも次々に思いつく。昔懐かしいコーヒー牛乳に、卓球台。カラオケセットはもちろん欠かせない。そして、玄関脇にさりげなく佇む水子地蔵。

「それで、アイデア通りのホテルは出来たんですか？　火災保険はどうなっていますか？」娘はにこにこと尋ねてくる。

「世の中、そんなに簡単に物事は進むものでないよ」元村長は応えて、さらに続けた。

「建物が出来上がったころ、間の悪いことに県知事と国会議員が、限界集落の視察とやらで村にやって来たから大変だ。イノシシが出そうな旧バス道の脇に、突然、誰がどこから見てもラブホテルにしか見えない建物が現れたものだから、あれは何だと、案内の市長に尋ねたわけだ。ノミの心臓が飛び出したろうね、市長も。あわてふためいて、お食事処だと応えたものの、とんちんかんもいいところだ。そして、その日のうちに、やっぱりホテルは中止だ、お食事処で行くほかないと言い出したわけだが、おさまらないのは私たちだよ。考えてもみたまえ。お食事処で採算が取れるわけがない。融資をした信金も黙っていない。だいいちラブホテルをつく

る約束と引き換えに、いろいろ黙っていてやることにした私たちの口も、どうなることやら――。いざとなれば、私たちだって恐いものさ。欲望の力だね、まったく！」

「欲望の力こそ保険の力です！」娘は言い、

「あんた、見かけによらず強者《つわもの》だな」元村長が言えば、

「はい、野生なもんで！」娘は元気に笑う。

「まあ、温室育ちよりはよろしい。さて話を続けると、市長がぐずぐず言い出したのと時を同じくして、今度は当の息子が、ラブホテルはやっぱり時代後れだと言い出したのだよ。呆れるじゃないか。ちびた鉛筆みたいなエビフライしか作れない男が、なにをえらそうに。とまれ本人曰く、この際建物をレストランに改装したい、とさ！　ちょうど近くにハーブ園があることだし、あそこの夫婦に店を貸して、流行りのハーブ料理をだすことにした、というのだ。ラーメン屋から爪楊枝をくわえて出てくる男が、ハーブ料理だって！　私たちのホテルが、光あふれる南欧風レストランになるんだって！　水子地蔵の代わりに、天使の噴水。ネオンの代わりに、フランス直輸入の庭園灯だって！」

「また金をドブに棄てるね」元助役が呟き、

「まあ、田舎者はこうして土地で手にしたあぶく銭を使い果たしてゆくんだが」元村長も言い、

「そういうことなら、貯蓄性の高い保険商品がいろいろありますけど！」娘がまた身を乗り出して言い、

「それより、さっきからなんだか獣臭くないかね」キクエ小母さんがふいに呟いたが、誰も聞いていなかった。

「しかし、たしかにお食事処よりはマシだ」元助役が言い、

「南欧風レストランのどこが！　私たちの誰がそんなところへ行くんだ？　ラブホテルだって行きはしないが、眺める楽しみはある。ともかく、私たちの念願のホテルをレストランに改装する計画だけは、なんとしても阻止しなければならなかった――」元村長が言うと、

「あ、火事を出せば保険が出ますよ！」娘が言い、

「それも考えたが、すぐ裏手が保護林でね」元助役が言い、元村長は続けた。

「そう、それに火災となると、建築基準法違反がばれる。風営法違反にも問われる。へたに調べが入ると、合併前の時代に無許可で林道を拡幅したのもばれる。こちらにもいろいろ事情があるのだよ。そこでまあ、とりあえず建物は完成していることだし、レストランへの改装はすぐには出来ないのだから、仕出し弁当で日銭を稼ぐよう息子を説得して、ご覧のとおり、ひとまずお食事処『ルイ十三世』の新装開店と相成ったわけさ。開店の日には、ご祝儀で村の者全員が弁当を買ってやって。まあ、腹はこわさなかったけども――」

そこまで言って、元村長は大きく肩でため息をつき、元助役と郵便局長もそれに続いた。

「しかし、あの不味い弁当で改装話を引き伸ばすのも限界があるし、ハーブ園は儲かっているらしいから、向こうがその気になれば、レストランの話は一気に進む可能性があるわけだ。私

たちものんびりはしていられないよ」

　元村長はあらためて思案げな顔をつくり、その傍でキクエ小母さんがまたひとり小鼻をひくひくさせた。

「それより、何か生臭くないかい？」

　そこで、ふいに目が覚めたように郵便局長も言った。

「そうだ、冷静に考えてみると、レストランの話も少々臭うな。だいいちあのばか息子の頭にいきなりハーブ園だの、ハーブ料理だのが浮かんできたはずがないだろう」

　言われてみれば、たしかにハーブ園自体も怪しいといえば怪しい。草に毛の生えたようなものを売って、商売が成り立つとは思えない以上、ほんとうは宗教団体か、怪しげな健康食品販売か――。

「ところであたしたち、その肝心のハーブ園に行ったことないよ」キクエ小母さんがさらりと呟き、

「しまった！　私としたことが、たしかに簡保を売りに行っていない――」郵便局長も呟き、元村長たちはあらためてとくと思い出してみた。

　思えば二年前、耕作放棄地を買ったということで夫婦が集落に挨拶に来たが、村の住人が夫婦の姿を見たのはそれが最初で最後だった。もともと村の生活には用のないハーブ園だったせいもあるが、そのうち旧バス道沿いに看板が立ち、オイル漬けハーブだの、ポプリだの、無添

加ジャムだのの販売を始めたことも、その看板で知ったに過ぎなかった。合併前なら、固定資産税や事業税などを徴収する関係で、役場の人間も足を運んだだろうが、いまやそれも市の仕事だし、だいいちハーブ園のある場所は、旧バス道の先の林道さえ途切れた山間で、獣しか棲んでいないのだから、村の住人がわざわざ足を運ぶ理由もない。かくして村の住人はみな、旧バス道を上がってゆく町の車を眺めて、今日までなんとなくハーブ園のことを頭のすみに留めてきたのだったが、はて。

「しかし、今日もたしかに車は二台通った——」

元村長が自分に確認するために呟いたそのとき、保険屋の娘が突然笑いだした。

「皆さんが話しておられるハーブ園って、ひょっとしたら、ここから十キロほど山へ入ったところにある草地のことですか？　それ、私の親戚が棲んでいるところですよ！」

「あんたの親戚？」元村長たちは思わず声を揃えた。

「ええ、父の家系は子だくさんなんです。この間も、最近の人間は草を食べるんだって、笑っていましたもん！　草は草だから、それはもう儲かるみたいですよ！」

「たしかに草は草だけど——」

「あ、でもご心配なく！　皆さんは、要はあのラブホテルをレストランにしたくないのでしょう？　分かりました。私が責任をもって親戚にそう言いますよ。任せてください。それに草ぐらいなら売れますけど、レストランの料理なんか、さすがの私たちも手に負えないですもん！」

　私たち？　元村長たちはまた少し耳をざわつかせた一方、娘は周到に本題に戻って言った。

「さあ、『ルイ十三世』は皆さんのものですよ！　というわけで、傷害保険に入ってくださいな。月々たった千円！」

　元村長たちはそろりと顔を見合わせ、ここへ来て急いで頭をめぐらせたあげくに、元助役がまず一言応えて言った。

「入ってあげたいところだが、この郵便局長を除けば、私たちはみんな年金暮らしだから」

「じゃあ、ネオンよりフランス直輸入の庭園灯にします？　さあ皆さん、迷っていたら夢が消えますよ。とりあえず初回の千円を払っていただけたら、いまここで書類をおつくりいたしますから、さあ決めましょう、ね！」

　そして、次は元村長の出番だった。

「ところで娘さん。さっき、崩落危険区域でも自然災害特約が付けられると聞いたが、まず『ルイ十三世』のところへ行って、火災保険にその特約を付けてきてくれないかね？　心配は無用。あの男なら、少し脅せば一発で契約するから。いいかね？　必ず特約の契約を取っておいで。そうしたら、私たちのような村のジジババではなくて、市長を紹介してあげるよ。市長なら糖尿や高血圧を抱えているし、傷害保険といわず、疾病保険も生命保険も売り放題だ。自動車保険もふっかけてやればいい。金はたっぷりあるから」

「あ、ほんとうですか！　そういうことなら早速『ルイ十三世』のご主人に会ってきますよ！どうもいろいろお世話になりました！　では皆さん、サヨウナラ！」

娘は入ってきたときと同じくばたばたと腰を上げ、つむじのごとく消えてしまった。その娘が坐っていたあとには、名刺の代わりに大きなカシワの葉っぱが一枚。

そういえば、娘が坐っていた間じゅう、肌がさわさわ冷えていたような気もしたと急に思い出しながら、「危ないところだったな」「もう少しで千円取られるところだった」と元村長たちは胸を撫で下ろし、「だから、獣臭いって言ったじゃないか」キクエ小母さんは顔もあげずに呟いた。「でも、可愛いものだったよ」、と。

「それにしても、久々に出たね」

「出たね」

「やっぱり、こうでなくちゃ――」

元村長たちがそう呟きあう窓の外の旧バス道を、また一台の車が通り過ぎていったが、もう囲碁盤に賭け金を置く手はなかった。そして何であれ、夏の午後は暑すぎた。

「アイスキャンデーでも食おうか」

元村長は少し前に稼いだ百円にもう百円を足して供出し、キクエ小母さんが近くの雑貨店へいそいそとアイスキャンデーを買いに行く。

「それにしても自然災害特約とはな――」元村長が深々と深呼吸をして呟き、つられて郵便局長も言った。

「儲けたね」

「この夏はたしかに集中豪雨が多い」元助役も言い、
元村長たちは神妙にうなずき合った。秋口までにあの場所は間違いなく崩れるだろう。そうしたら特約の保険金が入るが、そのときは市長をたきつけて今度は何を建てようか。谷向こうに負けないネオンの輝くゲームセンターか、カラオケボックスか。いや、いっそアメリカ風ダイナーと洒落込んでみるというのはどうだ？

新たな夢にまたぞろ胸を焦がされるような思いで、元村長たちは旧バス道の向こうに連なる山を仰ぎ見る。その眼を焼く夏の緑には、気がつけば赤や黄や青の原色が混じり、割れるような蟬しぐれのなかにも、耳をすませばどこかのジュークボックスが、ズンズンズンズンズン鳴っているのだ。

四人組、豚に逢う

「ああ、夏の空に雲が一つ。あの雲が豚に見える――」

元村長は、郵便局兼集会所の窓から山の空を仰いで呟き、おやつの南瓜《かぼちゃ》のゲップを一つ洩らした。

「たしかに、そろそろ肉が食いたいね」

郵便局長が同じく南瓜を食いながら相槌を打ち、傍らでは元助役がやはりゲップ一つでそれに応えた。

火のない夏のストーブの上には色褪せた大きなアルミ鍋があり、旬の栗南瓜を煮たものがごろごろと積み上がって冷えていた。初夏に村じゅうの路地に実る南瓜は、いまではもうサルも食わない。もちろん、旧バス道に野菜の露店を出しても売れないので、村の者はみな、朝も南瓜、昼も南瓜、おやつも南瓜という具合になる。

そして、その鍋の傍らではキクエ小母さんが一人、「ああ甘い、甘い、入れ歯が外れそうなぐらい甘いよ、ほら！」

鍋のなかの黄色い塊をまた一つ割り箸に突き刺してかぶりつき、あんたたちも早く食え、とばかりに元村長たちを横目で促すと、ほかにすることがあるわけでもない男三人は、それぞれまた一口、また一口と、胸焼けするような南瓜を食い続けるのだ。聞こえるのは蟬の声と、人間たちの洩らすひそやかなゲップの音と、扇風機の唸《うな》りだけという郵便局兼集会所の昼下がりは、その日もこうして平和だった。

それから誰ともなく耳をすませると、山の彼方から遠い軽飛行機の音が流れてきて、四人は一寸窓の外を仰ぎ見た。ときどき麓の町から飛んでくるセスナ機が落としてゆくのは、昔は農薬ぐらいのものだったが、近ごろはパチンコ店の開店祝いの宣伝だの、スーパーマーケットの特売日の宣伝だの。数分待っていると、長閑《のどか》なプロペラ音を響かせて近づいてきたそれは、「こちらはみなさまの山田スーパー。いつもにこにこ山田スーパー！」と謳いだした。「本日は新鮮な国産豚モモ肉が百グラム、八十円！　百グラム、八十円！」

四人は顔を見合わせ、これも昼下がりの夢だとうなずき合った後、ため息の代わりに各々一つずつゲップを洩らして、また大鍋の南瓜に戻ってゆく。

しかし、その穏やかな時間も、実はそれぞれの頭と胃袋には届いていなかった。食いすぎた栗南瓜のせいか、入れすぎた砂糖のせいか、何かが起こりそうな気配を胃袋が感じ、それが頭をざわめかせて、少しじりじりした気分でもあったのだ。実際、少し前には、集配にやって来た郵便局員のタニシが、「うわ、臭う、臭う。四つ足の臭いがするぞ、あんたら」と笑ってゆき、「あれはほんとうのバカだな」「来世は田んぼのタニシだ」と、いつになく醒めた思いでそれをやり過ごしたあと、各々自分の手やシャツの臭いを一寸嗅いでみたりしたところだった。

それから四人は「たしかに臭うね」とうなずき合い、また鍋の南瓜を食い始めて午後の時間が過ぎてゆくのだった。ただし、それぞれにある種の確信をもって妄想と予感を膨らませ、夏日が差すばかりの旧バス道へ期待の眼をやりながら、だ。

「それにしても、もう何日になるかな？」

「今日で三日。ここは思案のしどころだ」

元村長と元助役は呟き合い、そこでまた郵便局長が大きな南瓜のゲップ一つを洩らして言った。

「ああ、豚が食いたい！」

四人の頭に豚が棲みついたのは三日前に遡る。

その日の朝、麓の小学校で飼育している豚の一頭が逃げたという市の公報が回ってきたのに続いて、午後には子ども六人と付き添いの教頭がやって来て、「うちの花子を見ませんでしたか？」と、いきなり尋ねてきたのだった。

元村長たちは、その可愛げのない口ぶりにまずは気分を害された。聞けば、山のほうへ逃げた、旧バス道で見かけた、との目撃証言があるということだったので、「それは誰が言ったのかね」と尋ねると、「郵便局の人！」と子どもたちは口を揃えた。

さもありなん。元村長たちはタニシの泥を嚙んだような思いで、ますます不愉快になったが、ひとまず黙って聞いていると、今度は教頭がつらつら述べ立てたものだった。

「皆さん。うちの学校が、豚の飼育を情操教育の一環にしているのはよくご存じかと思いますが、子どもたちも、自分たちで育てた豚を給食で頂くのを楽しみにしておるのですよ。ところが二日前の夜、飼育小屋の柵が壊れて、ちょうどこの夏にそろそろ潰せるぐらいに成長しておった一頭が逃げ出しまして。まあ、七十キロからあるメスですから、学校の近所をうろついていたらすぐに見つかるだろうと思っていたら、一日経っても見つからない。警察や消防にも通報はない。これは山へ逃げたかもしれないと思い始めていたそのとき、郵便局の人が、集配の途中のこの集落で見たと教えてくれたわけです、はい」

「この集落で？　あんたたち、豚を見たかね？」

元村長が仲間たちに顔を振り向けると、元助役と郵便局長は仏頂面をつくって首を横に振り、続けてキクエ小母さんが言った。「この村を豚が歩いていたって？　七十キロのメスだって？　それがほんとうなら、いまごろはもう塩漬けになって、どこかの漬け物樽に収まっているよ」

しかし、子どもたちは驚くほど強者だった。

「郵便局の人もそう言っていました！　だから、ぼくたち急いで来たんです。そもそも豚が山にいるはずがないし、いるはずのない豚がいたら、それは遺失物ですから、警察に届けずに勝手に潰したら、立派な横領罪になります。教頭先生がそう言っていました！」

すると教頭も、いかにも鈍い薄ら笑いを浮かべて曰く、

「このとおり、子どもたちも真剣でして。ここはやはり教育上も、学校の豚は学校へお返しいただきたいのですが――」

なんだろう、この背筋がぞくぞくするような違和感は。七十余年も生きてきて、いい加減、どんな物事にも耐性が出来ているはずの元村長たちの身心が、柄にもなくざわめいた。その日も元村長たちは大鍋で炊いた南瓜を食っていたが、この世のおおかたの摂理を知ってしまった末に、いまや無力を託《かこ》つのもまた畢竟《ひっきょう》とうそぶいて朝も昼も南瓜を食い、こんな山奥のうらぶれた郵便局兼集会所で隠遁《いんとん》している日々が、一気に噴火しそうなほどのざわめきだった。

遺失物だって？　横領罪だって？　おおかた、学校ではいまごろ分数でも習っているのが関の山だろうに、なんといういびつな発達をしているのだ、この生きものどもは――。

「教頭さん。そちらの言い方では、まるで私たち村の者が学校の豚を横取りしたかのようだが、世の中ではふつう、もう少し遠慮をした物言いをするのではないかね？」

元村長はあえて凄味をきかせて言い、

「そこのお子さまたち。世間では、根拠のない決めつけで他人に心的損害を与えることを名誉棄損というのだよ」

郵便局長もここぞとばかりに言い、キクエ小母さんも負けてはいなかった。南瓜の大鍋を子どもたちに突き出して、

「そら、南瓜でもどうだい？　毒は入っていないよ、さあ、一つ食べてごらん。甘いよ、砂糖たっぷりだよ」

　しかし、子どもたちは顔をしかめて誰も手を出さず、キクエ小母さんはさっと鍋を引っ込めて、「おや、残念だね。いっそ豚骨スープで炊けばよかったのかね」

　一方、元村長の頭は唸りをあげて回転し続け、やがて一世一代の力がみなぎるやいなや、「よろしい、諸君！　一つ大事な話をするから、聞いてゆきなさい」と告げていたのだった。その突然の勢いに、教頭と子どもたちは一寸気《け》おされたようだったが、元助役たちの思いは違った。そら、出るよ、出るよ。現役時代、いざというときには四方八方をけむにまいて道理を引っ込めさせた村長の、あの無尽蔵の弁舌が、久々に出るよ！

「いいかね、諸君。最初に言っておくが、この村の者は四つ足は食わない。なぜなら、いまから何百年も昔のこと、ご先祖が山の守り神のイノシシを食った祟りだとかで、私たちはみな、月のない夜に四つ足に変身するからだ——。まあ、信じてくれとは言わぬが、これはこの村の一族の壮大な物語なのだから、耳をすませて聞いていただこう。

　さて、三日前なのか、二日前なのか、日時はとんと分からないが、気がつくと、私は例によって深い山のなかにいた。月のない夜の奥深くへ、ひたひたと進んでゆく自分の脚を感じた。脚がすばらしいスピードで次々に前へ出て、直に土を摑んでゆくのだ。ハッ、ハッ、ハッ、ハッ、ハッ。雄々しく響く私の呼吸がある。爪の下には積もった枯れ葉や下草と木の根が幾重にも重なり合って、柔らかいような固いような、これぞ私の大地！　前へ前へと突き出した鼻先には、その大地の匂いがいっぱいに充満していた。ハッ、ハッ、ハッ、ハッ、ハッ。一歩毎に体毛の一本一本が夜露を玉にして弾き続け、それを浴びた草の葉が音もなく震えていた。そして背後には少し距離を置いてついてくる仲間たちがおり、聞こえるのはその呼気の気配と、遠いミミズクの声だけだ。もう何千回も通ったかもしれない私たちの道、私たちの王国、私たちの夜——」

え？　私たちも？

元助役、郵便局長、キクエ小母さんの三人は顔を見合わせ、元村長がすばやく目配せを送った。その傍らでは、子どもたち六人と教頭が、早くも目尻を歪めながら、とりあえず黙っており、昼下がりの旧バス道を通りかかった村の老人が、今日は何事かと郵便局兼集会所を覗き込んでいった。

「そうそう、群れの紅一点があたしだったよ。若くて、小股の切れ上がったメスのなかのメスさ」

初めに、キクエ小母さんがゆったりとうなずいて見せ、その横から、今度は元助役が分厚い老眼鏡の眼をじっと子どもたちに据えて言った。

「そうだ、私が彼女の後ろで、この郵便局長がしんがりだった。昏《くら》い夜だった。風がなま暖かかった——」

そして、いざとなると口ほどでもない郵便局長があわてて子どもたちと仲間の顔を交互に見やり、そそくさとその眼を逸らせて「うん、まあ、そうだった」と続けた。「朝から獲物にありついていない、腹ぺこの夜だった」、と。

子どもたちの眼がますます白々となってゆくのをよそに、元村長はおもむろに話を再開した。「山の夜は、いつも血がたぎるような心地になる。もちろん獲物は猟《と》らなければならないが、歩く、這う、走る、呼吸する、狩りに先立つすべての運動が私たちの筋肉と五感を沸き立たせ、それがまた四肢へ跳ね返ってゆく。その四肢と大地と山の空気の全部が一つになる。人間なら〈生命を感じる〉とか言うところだろうが、私たちは違う。ただ血がたぎり、心地好さが全身をめぐり、疲れを感じなくなる。実際、もう何時間も私たちは山を駆け続けているのだが、動きはますます敏捷になってゆき、耳も鼻も冴えわたって、山全体をこの身体で摑んでいるような心地だった。ハッ、ハッ、ハッ、ハッ。自分と仲間の息づかいが山という山に谺《こだま》して、そこらじゅうの生きものたちに私たちの存在を知らせ、縮み上がらせ、息を殺させていた。獲物が逃げてしまう？　そんな心配は要らない。野ウサギや野ネズミの穴の場所はすべて知っているし、鹿たちの大きな図体はどこにも隠れようがない。私たちが通るそばから木の上のサルどもが騒いでくれ、寝ていた鳥たちが飛び立ち、鹿たちが駆けだしてゆく。私たちは走りたいだけ走り、立ち止まりたいときに立ち止まり、襲いたいときに襲うことができるのだ。この全能感を止めるものは、もはやどこにもない。ハッ、ハッ、ハッ、ハッ。さあ、そろそろ獲物を腹に入れるか。それとももう少しこの夜の空気を楽しむか。先頭をゆく私が決断をするときだった。ほれ、生まれて間もない柔らかそうな鹿の子どもがいる。こちらを見ている。恐怖で動けない細い脚がぶるぶる震えている。よし、あいつを頂こう！　一瞬にして全身の血がわきかえり、涎《よだれ》が噴き出した――」

「皆さん、四つ足は食べないんじゃなかったですか？」

ひときわ頭の良さそうな男児が一言いい、元村長はぎらりと眼光も鋭く、それを一蹴した。

「それは君、人間でいるときの話だよ。四つ足になってしまえば、そんなことは与《あずか》り知らない。さあ、鹿を見つけたそのときだった。鹿のうしろの樹木の間に、もう一つ大きな丸い塊が見えたのさ！　この山では見たことのないやつ。全身がほのかな肉色で、短い四肢の上にビヤ樽のような丸い胴体と大きな頭が載っており、何よりも、とんでもなく美味そうな匂いがしていた。おかげで、よく眼を凝らす前に、こちらは思わず喉が鳴り出すのを抑えなければならなかった。なぜなら、この手の食い物がいるということは、人家が近いということだからだ」

「うわ、ぼくらの花子だ――」

子どもたちは少しざわめきだし、片や教頭のほうは、いまは磨き立ての靴を水たまりに突っ込んだような顔をしているばかりだった。そして、キクエ小母さんが一言曰く、「あんたたち、花子や太郎を食うのかい。すごいね、人間は――」

「同感だ」と元助役がうなずき、

「知恵がつくのも考えものだよ」郵便局長もうなずき、
元村長は続けた。

「ともかく、私たちは名前を聞いたわけではないし、もとよりそんな世界ではないのだ、山の夜は――。さあ、話を続けると、私たちは痩せた小さな鹿などどうでもよくなった。鹿を逃げるままにして、眼の前の巨大な肉色の塊に見入った。以前、里の近くまで来たときに囲いのなかにいるのを見たことがある、あの生きもの。いかにも満ち足りた顔をして、のんびり餌箱に頭を突っ込みながら、小さな尻尾をぷるぷる振っていたやつ。眼の前のそいつも、あのときと同じ顔をして、囲いの外にいるくせに、すっかりくつろいだ様子で私たちのほうを見つめているだけだった。そのため一瞬、これは罠かと疑ってみたりもしたが、違う、猛烈な生きものの臭気に間違いはなかった。夜気を焦がさんばかりの芳《かぐわ》しさ。山じゅうが発情しそうな肉の匂いだった！――いや失礼、思わずゲップが出た。朝から、このキクエさんの炊いた栗南瓜を山ほど食ったせいだろう。先に言ったとおり、昼間の私たちは菜食なのでね」

「学校給食も豚より南瓜にすべきだ」元助役がまた呟き、

「南瓜のコロッケに、南瓜の天ぷら」郵便局長も呟き、

「なに、南瓜は煮つけだよ。そら、みんなお食べ。甘いよ、美味しいよ」キクエ小母さんが謳うように繰り返したが、子どもたちはすでに石と化し、身じろぎもしなかった。

「さて諸君には、大事な一点をまだ言っていなかった。その肉色の塊は、実は私たちの眼と鼻

の先で、まるでホログラムのように青く光っていたのだ。正確には、発光していたのは耳と鼻と、ひづめと尻尾だ。と言っても、想像力に乏しい諸君には分かるまい。涎が出そうな肉のなかの肉の匂いを放ちながら、自分で電飾のように発光しているやつなんて！　私たちはしばし、それが食い物であることも忘れて見入ってしまった。すると、そいつが甘い声をだして言ったのだ。

お兄さんたち、こんな色を見ていたら、食欲が失せるでしょ？　みんな言うわ。お食事中に見る色じゃない、って。ところで、ここはどこ？

見てのとおり、山だ。私たちは答えた。

番地はないの？　そう。ずいぶん静かね。人間の臭いがしないのって初めてよ。悪くないわ、この感じ。

君はどこから来たのだ？　私たちは尋ねた。

番地のあるところ。昼間は子どもがいっぱいいて、夜は仲間たちだけ。でも私、誰とも気が合わなくて。私、特別らしいわ。生まれたときから、こんな色だし。おかげで友だちもいないし、何もすることがないのでひたすら食べていたら、太っちゃった。だって食べ物だけは、もう見るのもいやというぐらいあるんだもの。この一週間、何を食べたかしら。アジのフライに、豚の生姜焼きに、豆腐入りハンバーグに、コーンスープ。春雨サラダにポテトサラダ。コールスローに、ポテトフライ。そうそう、ちらし寿司もあったわ。これが砂糖まぶしかと思うぐらい甘いの。近ごろの子どもは酸っぱいものが苦手なんですって。

そんな話を自分からして、そのお嬢さんはうふふと無邪気に笑った。まだ成熟はしていない初々しさというより、年齢のない幼さと、すでに人生を諦観しているような白々しさが同居している感じだった。いやもちろん、私たちには学校で飼育されていたらしい彼女の人生観など、想像の及ぶところではなかったし、同じ生きものとして、生命の自然に反した営みを感じただけのことだと言っておこう。依然、猛烈な血肉の臭気があった一方、自然ではない何かをこの鼻が嗅ぎ分けていただけだ、と。――いま思うと、あれは抗生物質の臭いかな？」

「いいえ、ぼくらの豚は自然飼育です。抗生物質入りの餌は使用していません。それに豚の体が光っているというのは、いったい何の話ですか？」

あの強者の男児がまた質問を繰り出し、なんだか孫どもに似ていると思いながら、元村長はさらに続けた。

「なるほど、諸君は昼間しか学校にいないから、夜の豚小屋を知らないのだな。本人も言っていたが、あの発光は暗い夜にしか見えないそうだ。なぜ光るのか？　それは本人も分かっていないようだった。曰く、鼻の穴に電極がつながっているだの、水桶で溺れたときに何か呑み込んだみたい、だの。そうそう、こんな話もしていたな。彼女はもともと体外受精で生まれたらしいが、胞胚のときに光るクラゲの遺伝子を組み込まれたのだとか。いや、これも豚たちの噂話を聞いただけだというから、ほんとうのところは知るよしもない。聞けば、夜の豚たちはずいぶんお喋りをするそうだよ。彼らも有史以来、イノシシと交配されたり、品種改良されたりして、おそるべき苦難の歴史を辿ってきたからだろう」

「嘘です。豚はウシ目イノシシ科イノシシ属イノシシ種で、紀元前六千年ごろに人間がイノシシを家畜化して豚にしただけだし、放っておけばいつでも野生に戻るという意味では、家畜のなかで一番自然に近いはずです」

「自然な生きもの？　あの可哀相なお嬢さんのどこが自然なのだ。曰く、私、海へ行くはずだったんだけど。ばかね、山へ来ちゃった。昔からがつがつ生きるように出来ていないせいで、いつもケ・セラ・セラ。だってクラゲだもん、などと言って、へらへら笑っているのだ。いや、そう言いつつ、彼女はクラゲという生物を知っている様子もなかった。そして、のんびり鼻を鳴らして草を食《は》みながら、ただ意味もなく光っているのだ。山の奥の、夜のなかの夜の、網膜に張りつくような闇のなかで、青白い電飾豚がぽっかりと浮かんでいるのだ。私たち四つ足の本能さえ萎《な》えさせる反自然のおぞましさと、なんとも言えないうつくしさで――」

「シュルレアリスムだ」元助役が一言はさみ、

「そんな話、でたらめです。花子は光っていません！」

子どもたちが黄色い声を張り上げ、それにはキクエ小母さんが首を突き出してまくしたてた。

「豚が光ったら悪いのかい？　あんたたち、夜の山へ来てごらん。ここでは、キノコも苔もバクテリアも、岩も土も水も墓所の火の玉たちも、そこらじゅう光るものだらけさ。それを、光る鳥たちの眼がじっと見ている。四つ足たちも見ている。豚が光っていても、蛍のようなものだよ、私たちには」

「でたらめです。ぼくたち、真面目なんです！」

「真面目に花子とやらを生姜焼きにするってかい？」

「人間が豚を食べ、豚が人間の残飯を食べるのは立派な食物連鎖です。もう、下らないおとぎ話はたくさんです。皆さんは、ぼくらの花子をどうしたんですか？」

「生憎《あいにく》、私たちの物語はまだ終わっていない。人の話は最後まで聞くものだよ、君。将来出世したいんだろう？」

そう言うと、元村長は子どもたちにぐいと顔を近づけ、じりじりと迫っていったものだった。

「いいかね、私たちはこう見えても、うんと経験を積んだ生きものなのだよ。経験を積んだ者は、未熟な若い者たちを導いてやらなければならないし、また生きものとしての本能がそう教えてもいる。私たちだって、もとはイノシシを食って四つ足になったのだから、いうなれば豚は親戚でもある。さあ、そこで私たちは、この可哀相なお嬢さんが山で生きてゆけるよう、必要最低限の心構えなどを教えてやろうとした。ふつうなら、たしかに放っておいても野生化するが、なにしろのんびり屋のおばかさんだ。生きることの意味、自由の意味から教えてやらなければ、このまま光りながら死んでしまうだけだろう。それでは私たちが出逢った意味がない。お嬢さん、よく聞くんだよ。私たちは言った。まずは、食い物について。ひまだから食い続けるようなことは、これからは出来ないし、してはならない。身体が必要とするだけのものを、必要とするときに食えばよいのだ。何が食えるもので、何が食えないものかは、身体が教えてくれる。なに、豚の免疫機能は最強だから、たいていのものは食えるはずだ。

次に、本能について。これには従わなければならない。しばらく山の空気を吸い、土を踏みしめて生きておれば、身体のほうがお前さんに本能を教えるだろう。毛むくじゃらのオスがお前さんの匂いを嗅いでやってくるころには、お前さんももうこれまでのお前さんではなくなっているはずだ。ちょいと尻を突き出してやれば、お前さんももう立派なメスさ。心配は無用。好きも嫌いもない、身体の自然に従うのが、生きるということなのだ。

次に、夢想について。狭い小屋のなかで仲間と暮らしていたころの夢想ではない。四つ足の、私たちの、この四肢と血のなかから湧きだしてくる夢想があるのだ。人間がけっして知ることのない夢想。天と地、過去と未来、物質と反物質、有機物と無機物のすべてが直結する、単純にして全一的な時空の直観。これを己が呼吸一つのなかに、己が一歩のなかに知るのが私たちだ。これが私たちの自由だ。なに、一週間もすればお前さんにも分かるとも。さあ、アジのフライも豚の生姜焼きも消えた。自由のときが来た！

とまあ、そんなことを話してやるうちに、夜明けが近づいていた。なま暖かい風と湿気が、大きな低気圧の接近も告げていた。尾根を一つ二つ越えれば、イノシシの家族がいたはずだ。私たちはひとまず、そこにお嬢さんを預けることにして谷筋を急いで登っていった。とは言っても、所詮豚は豚。私たちとは脚が違う。まるでハイヒールで山道を歩いているような、ぐらぐらした足どりだったが、それでもブヒ、ブヒと上機嫌で、海を見たいわ、海はまだかしら、う〜み〜は〜ひろい〜な〜おおき〜いな〜。夜明け前の真闇のなかを、青白く光りながら、ぐらぐら揺れながら、彼女は一歩一歩登っていったよ。

そうして尾根を一つ越えたころだったか、ついに雨粒が落ちてきた。山はまだ昏い。木々が割れるような音を立てて揺れ始め、そのはるか上空では稲妻が走り出した。それがピカッと光るたびに、お嬢さんの全身もピカッと光る。たいへんよ、私、全身クラゲになっちゃった。海を見たいわ、海はまだかしら、う〜み〜は〜ひろい〜な〜おおき〜いな〜。

そのときだった。一瞬の雷鳴とともに闇が真っ二つに割れた。私たちが彼女の声を聞いたのはそこまでだった」

「それで——」

「そこまではそこまで、さ。彼女はどうと倒れて、動かなくなった。すると、あの青い光もすうっと消えていった。あとには、闇のなかの闇と、ただの血と脂の臭気に満ちた大きな肉の塊が一つ——」

「食べたんだ——」

「食べたら悪いのかね？　いざ光が消えてみれば、肉は肉。獲物は獲物。豚だからトン死、さ。これが自然というものだよ、諸君」

「やっぱり食べたんだ！　ぼくらの花子を食べたんだ！」

子どもたちが口々に叫びだした。

その端から「ぼくらの花子？　ぼくらの豚の生姜焼き、だろ？」キクエ小母さんが言い、

「お子さまには刺激が強すぎたようだ」郵便局長も言い、

「なに、これも情操教育だ」元助役が言い、
元村長は、今度は青ざめた顔をこわばらせたまま立ち尽くしている教頭に向かって、さらに言ったものだった。

「いやあ、教頭さん。お宅の学校がたっぷり太らせてくれたおかげで、脂肪だらけの水っぽい肉だったのが、実に残念だったよ。いくら食うためでも、生きものをあんなに太らせてはいけない。学校給食の残飯の処理にも金がかかるのは知っているが、もう少し新鮮な草を食べさせておれば、風味のある肉本来の味に育ったのに。情操教育だというのなら、そこまで真剣にやるべきだろう。相手が子どもだと思って、手抜きをするんじゃないよ、教育者が」

花子が食べられたァ！　泥棒だ、泥棒だ！　口々に叫ぶ子どもたちを、教頭が急いでかき集めて言った。

「そうだ、これは泥棒だ。警察に行こう、警察に！」

そうして、教頭は子どもたちを学校のバン一台に詰め込んであたふたと走り去ってしまい、あとにはまた夏日の差す旧バス道だけが残されたのだった。

そして、そんなことがあってから、今日ですでに三日。手ぐすねをひいて待っていた警察も新聞もテレビもいっこうに現れず、やって来たのが郵便局のいつものタニシだけというのは、どこが間違っていたのだろう。四人はいま一度考えたが、出てきたのは何度目かの南瓜のゲップだけだった。

「四つ足の夜というのは久々の自信作だったのだがな――」

元村長は失意のため息をつき、

「うん、なかなか感動的だった」元助役がうなずき、

「私もなんだか若いころを思い出したよ。真っ赤なフェアレディZを駆って、ぶいぶい言わせていたころを」郵便局長も遠い眼をして言った。

そして、キクエ小母さんが思い出したように曰く、

「ところで、さっきの山田スーパーの特売の国産豚モモ肉だけど。あの教頭、あれから情操教育も何だか面倒になって、おおかた学校の豚たちを処分したのかもしれないよ」

「だったら、肉は新鮮だ」

四人は顔を見合わせ、考えるだけの忍耐も尽きてまた大鍋の南瓜に戻っていった。日が傾いた夏空には、薄い肉色に染まり始めた雲が一つ。それがますます豚に見えてくると思いながら四人は黙々と口を動かし続け、鍋の南瓜はやっと六分目ほどになった。そしてまた、誰ともなく口を開いて曰く、

「もうこれ以上、待つことはない」

「もう子どもたちは来ない。警察も来ない」

「では今夜あたり、どうだ？」

「そうだね。日が暮れたらやるか？」

「よし、決まった」

かくして山の日暮れを待ちながら、四人はそれぞれひまに任せて、いまはさらに想像をめぐらせた。月のない夜に全身の血をたぎらせて山を走るのは、たしかに胸を焦がすほど懐かしい感覚だ、と。土を感じ、夜気を感じ、生きものの臭気を感じて駆けるとき、この四肢にもう関節痛はない。一歩毎に天をも駆けよと筋肉が唸り、骨が躍動する。空気を蹴り、大地を蹴って飛翔する四つ足のなかの四つ足に、山じゅうの生きものたちが欲情し、毛を逆立てる、あの燃える夜。

「そろそろいいかな？」

「あと少しだ」

四人は、誰からともなく土間の奥の裏口へ眼をやった。その外の草むした荒れ地には、誰も使っていない農機具小屋がある。その窓から、豚公が顔をだしてこちらを見ているのが眼に浮かんだ。三日間も置いてやり、南瓜を食わせてやったのに、朝起きてきて言ったことが、私、胸焼けしちゃった。南瓜はもう飽きたわ。ポテトサラダ、ない？　だった。潰しても、百グラム八十円のくせに。

よし、もうすぐ日が落ちる。四人は赤黒く沈んでゆく空を仰ぎ、次いで再び裏口へ眼をやった。そら、お嬢さん。日が落ちたら山へ放してやろう。一緒に夜の奥の奥へ行こう。お前さんが青白く光りながら駆けてゆくところ、山じゅうの生きものが眼を覚まして息を殺すだろう。ミミズクの光る眼が追い、四つ足たちの荒い息が追うだろう。たしかに南瓜はもう飽きた。いざ山の夜へ、ジジババたちも出発だ。

「戸締りはした？　水筒を忘れるな。よし行こう」

四人組、村史を語る

夏の午後、古ぼけた単車の音とともに、旧バス道沿いの郵便局兼集会所に現れたのは、市の職員が一人。

今年から夏の制服に決まったらしい、どこかの温泉街のような間の抜けたアロハシャツを着て、首から市章入りの身分証明書を吊るし、わざわざこんな山奥まで出向いてきた果てに、巻きの悪い、しなびたキャベツのような顔つきで、その若い職員は曰く、市では本年度予算で、市町村合併の記念に旧村の村史をまとめることになった云々。ついては、旧村役場関係者に聞き取り調査をしたい云々。しかし、そもそも訪ねてきた時間が悪かった。元村長たちはそのとき、天も地も溶けてゆくような午睡の途中だったのだ。

見ろ、キャベツが口をきいたよ。いや待て。この青年はいま村史と言ったか。ああ、それなら現役時代に何度書こうとしたことか――！　すでに半分落ちかけていた瞼の下で、元村長はまずは嘆息した。

「あんた、来るのが百年遅いよ。生憎、いまはもう村の行政も村議会も夢の彼方だ。見てのとおりの山里だから、もとより議事録もない。住民台帳もない。出納帳もない。あるのは私たちの舌と記憶だけ」

「記録がないのは知っています。合併手続きのときに、ほかの町村がもんどりうったそうで。だから、こうして直接話を伺いにきたんですよ。このままだと、そのうちこの集落は地図から消えてしまいますから」

鈍いのか厚顔なのか分からない口調で職員は言い、扇風機がゆるゆると回り続けるなか、キクエ小母さんと元助役と郵便局長の垂れていた瞼が、ぴくりと動いた。

「この村、地図に載っているのかい？　見たことないよ」

「いや、五十年ほど前に一度見たことがある」

「そうそう、徳川埋蔵金の古地図があったな」

一方、職員は端《はな》から耳に留めるだけの気力もない様子で、持参したノートをさっさと広げて曰く、「旧村の村史と言っても、地史や行政史ではないですから、ご心配なく。資料編纂室がお聞きしたいのは、この旧村がキャベツの産地になった歴史的経緯です。というより、農協に卸しているのがキャベツぐらいしかない山村ですから、それ以外に記録すべきことがないというべきかもしれませんが」だった。

「キャベツの村史を、と言うのかね」

「いやまあ、強いて言えばキャベツ村の村史ですかね。どのみち旧村の話など、読む市民はいませんし、身が入らないかもしれませんが、それはこっちも一緒ですから」

いま、こいつはキャベツ村と言ったか。

元村長たちは、平和な眠気に杭を一本打ち込まれたような心地で薄目をこじ開けた。確かに、自家用を除く農産品と言えばキャベツぐらいしかない旧村ではあったが、キャベツ産地なのは市も県も同じではないか。しかも見ろ、あのアロハの絵柄を。中途半端にワサワサと葉を広げたあれは、葉牡丹か？　いつから市の花はキャベツでなく、葉牡丹になったのだ？　しかも、微妙な黄緑色がまるでアオムシ！

「まあ、そう言うのなら、私たちが身の入るようにしてあげようかね。そんなにだれた顔をしていちゃあ、立派な葉牡丹柄のアロハが泣くというものだ。なあ、諸君」

元村長は言い、元助役たちもうなずいて曰く、

「そうそう、せっかく就職した市役所だ」「葉牡丹のアロハでも、アオムシ色の牡丹と思えば、牡丹に見えないこともない」「そうとも。立てば芍薬《しゃくやく》、坐れば葉牡丹」

「そうですか。やっぱりお年寄りに同情されるほどダサイんだ、このアロハ――。まあ、いいですけど」

かくして、いまどきの若い公務員はなおも鈍い反応をし、そのとき薄く開けた瞼の下で四人組の眼がきらりと光ったのも見ていなかった。

元村長はひとまず午睡から抜け出し、まずはウォーミングアップをするようにゆっくりと口

を開いた。

「そうか、キャベツ村の村史か――。まあ確かに、こうして扇風機がカタカタ、カタカタ回る音を聞いていると、村議会の昼下がりを思い出すよ――。居並んだ議員たちの頭が、私の目の前でいくつもコクリ、コクリ舟をこいでいて、開けっ放しの窓の外は、いまの季節ならキャベツの緑と焼けつくような蟬の声。秋は、舞い込んできた赤とんぼが、これまた眠気を誘う。冬は薪ストーブの爆《は》ぜる音。春は、ウグイスやメジロの声が子守歌だ。議場の後ろでは、このキクエさんら、小母さんたちが編み物をしながら、これも舟をこいでいる。助役も郵便局長も、農協の組合長も保健婦も、ジジババたちも、とくに何をするというわけでもないが、足腰が立つ者はみんな集まってきて、なんとなく時間が過ぎてゆくのが、この村の村議会だった。それを眺めながら、なんと平和な村かと感嘆したことは、百回や二百回ではなかった――」

「平和なのは見れば分かりますよ。こんなに高齢化と過疎化が進んで、こんなに耕作放棄地だらけになっても、村として県に陳情に行った記録もないようですから」

「はて、この村の住人は病気にならないし、誰もめったに死なないし、生まれもしない。道路は旧バス道がある。足は軽四輪がある。山もある。水もある。キャベツも育つ。これ以上、県に何を陳情するのだ？　なあ、諸君」

元村長が仲間に顔を振り向けると、

「陳情？　村で最後に死んだ年寄りが、結局何歳だったのか誰も分からなかったような村だよ、ここは」

キクエ小母さんが言い、郵便局長が白々と続けて曰く、

「そういえば、あの爺さまもキャベツの漬け物の塩分の取り過ぎで死んだんだったかな。さすがキャベツ村」

そして元村長が再び曰く、「そうだねえ、まあ陳情するほどではないが、強いて問題というなら、畑に住みついたイタチの小便の臭いとか、アオムシの大発生とか——」

「そうそう、最後の臨時議会の議題がアオムシだった」

元助役が神妙にうなずくと、たちまちほかの三人が口を揃えた。そうだった、あれは凄かった。村始まって以来の大事件だった。死ぬかと思った、と。

「キャベツにアオムシがついたのが、大事件ですか」

「なにしろキャベツ村だからね。いや正確には、アオムシは始まりであって、ほんとうの主役はキャベツとその仲間のケールだったが、あんた、ケールは恐いよ。そしてキャベツはもっと恐い。この村では、地震・雷・火事・キャベツと言い習わされておるほどだ」

「青汁は確かに苦いですけど。恐いですかね」

「あれは、アオムシのエキスの味がする」

「まあ、そういうことにしておきましょう。それでアオムシと、キャベツと、ケールがどうしたんですか」

「もちろん、彼らが私たちのキャベツ村の村史の一ページを飾っているのだ。ごく小さな一ページだけれども」

そうして職員は四人の眼に見入られると、「もっとほかにないんですか」とぼやきながら、ノートにまずは一行記していたのだった。『本村におけるアオムシ、キャベツ、ケールの話について』、と。

元村長は記憶を新たにしながら、あらためて語った。

「これは実に恐ろしい話だから、心して聞きなさい。さて、この世にケールなる植物がある。キャベツと同じアブラナ科だが、キャベツのように結球はせず、茎は人の背丈ほどに伸び、その茎にうちわのような大きな濃い緑色の葉が、バッサバッサと層をなして生える。まあ、そのアロハの絵柄にもなっている葉牡丹の化けもののようなものを想像したらいいだろう。欧米では野菜として食うらしいが、わが国では九〇年代、生の葉を絞った青汁が、不健康な都会人の健康飲料として人気が高まり、大規模なケール栽培に乗り出す農家が全国各地に広がった。

一方、本県でもこの村でも腐るほどとれるキャベツは、周年栽培で安定した農業収入の柱になる反面、卸売価格は年々低下傾向にあるし、豊作による値崩れの危機とつねに隣合わせでもある。そこで四年前の春、本村でも飲料メーカーに売り込むべく、耕作放棄地を整備してケール栽培に乗り出そうとしたのだよ。そら、聞いているかね？　私たちだって、キャベツ以外の作物をつくったこともあったのだ。ともかく、キャベツは農協に卸してもキロ十円程度にしかならないが、ケールならメーカーの一括買い上げで、その十倍にはなる。しかも、キャベツが育つ土地なら簡単に栽培できるし、無農薬栽培なら人手も金も節約できる。

かくして、村として〇・五ヘクタールの土地にケールの種を蒔き、年を越した三月には人の背丈ほどに立派に成長したのだった。それはもう見事な、波うつケールの海だった。そして、それを見た飲料メーカーが、これはいけそうだということで、その春いよいよ栽培面積を三倍に増やす契約を結ぶことになった、その矢先のことだったよ。――ほら、村史らしくなってきただろう？

ある朝、村の者たちが次々に役場に駆け込んできて、キャベツ畑がアオムシの絨毯になっているという。そのあわてようといい、口ぶりといい、ただごとではなかったので、私は役場の職員を連れてすぐに畑へ飛んでいった。すると、絨毯どころではない。昨日までふさふさと繁っていた春キャベツの葉の、表も裏もアオムシがびっしり張りついて、ほとんど巨大子持ち昆布だ。キャベツだけではない、畝《うね》の土も一面の緑で、まるでアオムシの雪が降り積もったかのようだった。あの畑もこの畑も、村じゅうのキャベツ畑が――そう、キャベツ畑だけが、そんな光景になっていたのだ。たった一夜にして、だ。

実に、自然現象を超えた光景だった。ただの大発生でないのは明らかだったが、しかし人間という生きものは、残念ながら、尋常でないことを目の当たりにしたときほど、己が経験知で理解しようとするものでね。この恐るべきアオムシの大発生は、山の上に開いた例のケール畑のせいだと、私たちはすぐに考えた。同じアブラナ科だから、無農薬でつくっておればアオムシがついて、それが村じゅうに広がってもおかしくはない。そしてそうだとしたら、尋常でない数のアオムシがケール畑にも発生しているはずだと気づいて、私たちは山の上へ急いだ。もちろん、結果は想像したとおりだった。ほぼ一年かけて育ててきたケールの海が、アオムシの海に変わっていたよ——」

「そんな大発生なら、卵の時点で気づくでしょう」

「ふつうのアオムシならもちろん気づくが、最初に言っただろう、自然現象ではなかったのだ、と。この意味は追々分かるから、話の先を急ごう。

ともかく私は、すぐさま臨時の村議会を招集した。なにごとも村民全員で話し合って決めるのが、この村の伝統だからだ。さあ、議員たちもジジババたちも、この未曾有の危機に立ち向かうべく、畑仕事を放り出して集まってきた。村の議場いっぱいに真剣な顔、顔、顔。そこから、ケール畑に農薬を撒くべきだ！　いや、ケール栽培の中止だ！　いや、今春のキャベツをあきらめよう、などと次々に声が上がる。将来有望なケールか、市場が安定しているキャベツか。革新か、伝統か。挑戦か、安泰か。村長としては、問題の深刻さもさることながら、何か歴史的な瞬間に立ち会っているような興奮も覚えたものだった。

いや正確に言えば、事情はもう少し複雑だったと言っておかねばならない。実は、村の予算で整備した〇・五ヘクタールとは別に、村長の私を含めた村民の多くが、飲料メーカーからジュースの詰め合わせや無償の苗をもらっていて、それぞれの畑の片隅で少しずつケールを栽培していたのだ。そこには農薬が使われていたのでアオムシの被害はなかったが、そういう次第で私たちはメーカーの手前、そう簡単にケール栽培をやめるわけにはゆかなかったということだ。キャベツかケールかという悩ましい選択を迫られつつも、答えは初めから出ていたわけだ。そうとも、私たちは戦後の食料難の時代からずっとお世話になってきたキャベツを、目先の収入のために裏切ったのさ。キャベツにしてみたら、それはもう人間による決定的な背信行為だったことだろう！」

「なるほど。アオムシの大発生は天罰ですか」

「冗談じゃない。この村に天を恐れる者などいないのは、それこそ天が知っているとも。それに天のほうも、キャベツのことなど眼中になかろう。だからキャベツとしては、自分たちの力で逆襲するほかなかったのだ。キャベツだって、トンカツの付け合わせや漬け物になるだけではない。その気になれば、野菜ジュースにも胃薬にもなれるのだから、ケールに負けていられないと思うのは当然の話ではないか」

「べつに当然だとは思いませんけど」

そう言いつつも、職員のノートにはまた一行、なんとなく追加された。『キャベツの逆襲』、と。

「さて、その日の臨時議会では結論は出なかった。誰しも腹のなかでは答えは出ていたが、ケールだって虫食いで全滅するリスクがあるとなれば、そう一気に結論を出せるものではない。それに、ひとまず明日には丸裸になっているだろうキャベツ畑とケール畑を潰すほうが先だった。トラクターの手配や作業の分担を決めて散会したのはもう夕刻で、村民たちも私たち役場の者も、慣れない会議に疲れ果てて、いったん家に引き揚げた。その日の深夜のことだ。諸君、覚えているだろう、あの光景を――」

元村長は遠い眼をして天井を仰ぎ、再び舟を漕いでいた元助役たちもふいと薄目を開けるやいなや、そうそう、あんな恐ろしい光景は見たことがなかった、眼が潰れそうだった、などと口を揃えた。そしてそこまで言われると、さすがの職員も少しは先が気になりだしたか、あるいはいよいよ職務を諦めたか、薄笑いを浮かべて曰く、

「いろいろありますねえ、この村」

「世の中、見た目ではないということだよ。さあ、こうして言葉で説明するのは実に難しいのだが、真夜中に村のあちこちで、大変だあ！　大変だあ！　という叫び声が上がって、外へ出てみると――」元村長は一呼吸置き、

「外へ出てみると――」職員もつられて一寸首を突き出し、

「キャベツが行進していたのだ」

ついに元村長は一言いった。

「どうやって――」

「行進は行進だ。歩いていたのだ。真夜中の畑という畑の畦道《あぜみち》を、青白い月の光を浴びながら、一玉一玉列をなして、ワッサワッサとキャベツが歩いていた。日暮れまで畑に生えていたキャベツたちが、一玉また一玉、畝の土からゴソリ、ゴソリと抜け出して、列に加わってゆくのだ。大きく育った葉にびっしりとアオムシを張り付けたまま、ワッサワッサ、ワッサワッサ。一斉にどこかへ向かってワッサワッサ、ワッサワッサ――」

「皆さん、それを見たんですか――」

「もちろん。これでも夜目は利くほうでね」元助役は曇った眼鏡の下から薄目を開けて言い、

「なに、夜の鳥でも見えただろうさ、あの光景は」と、郵便局長がしたり顔で続けて曰く、

「一瞬、宇宙人の来襲かと思ったが、考えてみれば笠地蔵だって歩くのだ。キャベツが歩いてもおかしくはない」

そして、キクエ小母さんも待ち構えていたように曰く、

「あたしも、うちの畑でしっかり見たさ。うちはケールをつくっていなかったのに、二畝《せ》分の春キャベツが人間には眼もくれずに、ワッサワッサ、ワッサワッサ。これまで肥料をたっぷりやって、ここまで大きく育ててやったのは誰だと思っているんだい。こら、お待ち！　キャベ公、お待ち！　呼んでも見向きもしない。薄情なもんだよ」

「へえ――。私も是非見たかったですよ、ほんと」

職員は我に返ったように鈍い笑みを洩らして、さらに一行『キャベツの行進』と記したが、

その顔にうっすらと冷や汗が滲んでいるのを、四人組は見逃さなかった。そら、もうそろそろ聞こえてきているはずだ。春キャベツの大群が、大きな葉をなびかせてワッサワッサ、ワッサワッサと進んでゆく音が。村人たちの、半ばため息のような恐怖の声が。

「さて、ここからがもっと恐ろしい――」手ぐすねを引いていた元村長は、腹に力を入れてさらに続けた。

「村じゅうの畑から集まってきた数万、数十万というキャベツが旧バス道で合流すると、それはもう川のようだった。アオムシで重量を増した葉をワッサワッサ、ワッサワッサと揺らしながら、彼らは山の上へ向かってゆく。長さにして数キロメートルになろうかというその行列のあとを、私たちもついていった。おおよそ三、四時間というもの、誰もが声を出すのも忘れて、だ。

そして、キャベツたちもまた一心不乱に行進を続けて、やがて頂上へ近づいていった。すると、そこはもう村の畑という畑から抜け出したキャベツで埋めつくされていて、立錐の余地もない。いや、限られた地面にあとからあとから積み上がって、キャベツのピラミッドが出来ていたよ。ありていに言えば、キャベツの大集会というところだが、さあ想像してみたまえ！無数の葉がアオムシを載せたまま天空を仰いで、ワッサワッサ、ワッサワッサと鳴り続けていた。その音が夜空に駆け上がり、風が湧き、山を揺らす。天も地も一斉に鳴りだして、もはや境目もない。天地四方がただワッサワッサ、ワッサワッサ。そして、それがやがて声のような、叫びのような振動に変わったときだ、それは確かにこう聞こえた。人間どもに復讐を！　人間どもに復讐を！」

　ああ恐ろしや、恐ろしや。元助役たちが合いの手を入れ、元村長の舌はいよいよ滑らかになっていった。

「腰が抜けるとは、まさにあのことだった。私たちはキャベツのピラミッドを見上げたまま、地面に這いつくばって息を呑んでいるばかりだった。ああ、なんという人間の無力さ！　こちらにも言い分は山のようにあったが、いざとなれば声の一つも出ない。彼らは、天空に向かって呪うように叫び続けていた。我々への感謝を忘れた人間どもに復讐を！　我々をトンカツの付け合わせとしか見ていない人間どもに復讐を！　餃子だのお好み焼きだの、原形を留めないまでに我々を切り刻んで食いつぶす人間どもに復讐を！　我々を豚やニワトリの餌にし、畑の肥やしにする人間どもに復讐を！　そして、彼らのシュプレヒコールは、やがて轟々《ごうごう》たる大合唱に変わった。立て万国のキャベツよ！　今ぞ日は近し！　覚めよ我が同胞！　暁は来ぬ！　いざ闘わん、いざ奮い立て！　ああキャベツ、キャベツ、キャベツ、キャベツ！」

「なんか組合っぽいですね」職員は言い、

「たしかに少々湿っぽい」元助役も一言いい、

「階級闘争は湿っぽいものさ」郵便局長が鼻先で応じると、

「へえ、プチブルは明るいのかい？　ウララ、ウララ、ウラウラで〜」キクエ小母さんがふい

と謳いだし、

「まあ、彼らキャベツにも、いくらか時代遅れの焦りはあっただろう」元村長は補足して、さらに続けた。

「とまれ、彼らの大合唱は、天空に向かって誰かを呼んでいるようにも聞こえたのだったが、やがてキャベツのピラミッドの頂点の上空、すなわち漆黒の天の中心で何かが光った。いや、光ったというより、天空にかすかな亀裂が走ったのかもしれない。光のような紗《しゃ》のような、粉塵のような、何か揺らぐものが虚空に差したかと思うと、ああ！　あれはどう形容したらよいだろう――山の頂上を覆うほどの大きさの円盤のようなものが、浮いていたのだ――。それを見ていた村民たちが口々に叫んだ。あれは鳥か、スーパーマンか。いやＵＦＯだ！」

「進んでますねえ、この村――」

「ほんとうにＵＦＯだったらね。しかし、残念ながらそれはＵＦＯではなかった。巨大なキャベツ。キャベツのなかのキャベツ。正確には春キャベツのように巻きがあまくはない、固い石のような冬キャベツだった。いま思うと、あれこそ彼らの呼んでいたキャベツの主だったのだろう。天空に浮かんだ石臼のようなその腹から、何かの猛烈な振動が発せられ、それが私たちの耳にも届いた。それは言った。友よ！　その積年の恨み、たしかに聞き届けた――と」

ああ恐ろしや、恐ろしや。元助役たちが謳う傍らで、職員がいまは虚空に落ち込んだような顔をし、元村長の舌はひとり凄味をまして回転し続けた。

「すると、どうだ。ピラミッドをなしたキャベツたちが、一斉に音高く葉を打ち鳴らして応えた。ワッサワッサ、ワッサワッサ。人間どもに復讐を！　人間どもに復讐を！　そして見よ、ワッサワッサと鳴り響く音の間から、キャベツの葉に張りついていたアオムシたちが一斉に飛び立ち始めたのだった。もちろんモンシロチョウに羽化して、だ。葉の一振り毎に、無数のチョウが音もなく白粉《おしろい》のように舞い上がってゆくのだ。丸々と肥え太ったアオムシたちが、一瞬にして蛹《さなぎ》になり、チョウになり、地上の一切の重力を離れてひらひら、ひらひらと。そう、粉雪が地から天に向かって噴き出すかのようだった。そのうつくしさと言ったら！」

「ああ詩人だ、うん」元助役が一言呟き、

「ああ、ベタベタだ」郵便局長もうなずき、

「なにが詩だよ。花粉症の人間には、あの鱗粉《りんぷん》の雨は杉花粉よりひどかったんだから」キクエ小母さんが言い、

「そうだった、昨今はこの村も都会なみに花粉症の者が多いから、たちまち地べたはくしゃみの大合唱になったさ。ジジババたちが眼をこすり、鼻水を垂らしながらハックション、ハックション。その頭上で、キャベツたちが最後の力を振り絞ってワッサワッサ、ワッサワッサ。そして、その一振り一振り毎に羽化した数億、数十億のチョウたちがふわふわ、ふわふわ粉雪のように舞い上がってゆくのだった。恐ろしくも夢のような光景だった——！」

「まあ、たしかに」

職員は四人組を前にして一言応じたが、その実、とくに言葉の濁流に呑まれたというふうでもなく、いまは現れたときより一層鈍い表情で、あらためて事務的な口を開いた。

「そのキャベツたち、それからどうなったんですか」

「あれだけの数のアオムシだったのだ。もちろん、跡形もなかった。チョウたちが天空に消えたあと、私たちが見たのは何もない元の山頂だった。そして、耕作放棄地のケールも消えていた。残っていたのはわずかな茎と根っこだけ。まあ結果的に、私たちは畑を潰す手間が省けたわけだが」

「で、キャベツたちの恨みは晴れたんですか」

「もちろん、この話には続きがある。あまりに恐ろしい話なので、口にするのも憚《はばか》られるが、まあここまで話したのだから、最後まで話そう。そうでなければ、この村にキャベツ畑が多くなった経緯も尻切れとんぼになる。実をいうと、あの山の一夜があったにもかかわらず、私たちはその後、あらためてケール栽培に乗り出したのだよ。メーカーとの契約をかけて、わざわざ一・五ヘクタールに畑を拡大して、だ。欲に目がくらむとは、まさにこのことだ。もっとも、山頂に急ごしらえの鳥居と祠《ほこら》をつくってキャベツを丁重に祀ることはしたが、なにしろ相手はキャベツだ。断りを入れようにも、入れようがないではないか」

ああ恐ろしや、恐ろしや。三たび元助役たちが謳いだすなか、元村長は声を低くして続けた。

「半年後の晩秋、山の上の耕作放棄地は再びケールの緑の海になった。今度はこっそり農薬も使った。一方、集落のほうの畑も、例年どおり冬キャベツが青々と育って、私たちは半年前の夜の出来事は、あれは夢だったのだと自分たちに言い聞かせたものだった。そして、ついに村史に残る大事件が起こった――」

ああ恐ろしや、恐ろしや。

「ある日の真夜中、またあのキャベツたちの大行進があったのさ！　前回と同じく一夜にして湧いた大量のアオムシをまとって、ワッサワッサ、ワッサワッサと。いや、今度は冬キャベツだったから、葉はもっと固くて大きい。結球した中心部も、ゆうに五キロや六キロはある。ワッサワッサというより、グワングワンと巨大な扇風機が唸りをあげているような感じだった。私たちは外へ飛び出して、夢中で彼らの行進のあとを追った。半年前、彼らが山頂で誓っていた人間への復讐が、ついに始まったと思った」

そこまで元村長が言ったときだった。

「また歩くキャベツですか――」職員は倦《う》んだ声を上げ、

「そのとおりだが、その夜の彼らの目的地は山頂ではなかった。なんと、春に私たちがつくり直した当のケール畑だったのだ。そして闘いが――」元村長はそう続けたが、職員のほうはもう聞いていなかった。代わりに自分のアロハシャツに眼を落とし、薄ら笑いを滲み出させて曰く、

「なるほど、このアロハの柄がキャベツでなく葉牡丹になった理由が、なんとなく分かりまし

たよ。これ、市民の評判が悪いんですが、考えてみればキャベツよりマシだ。市のマスコット・キャラクターだって、漬け物石みたいなキャベツのキャベタンじゃあ、子どもが可哀相ですし」

「キャベタンからハボタンへ？　大して違わないと思うが」元助役がぼそりと呟き、「間だけは抜けているよ」キクヱ小母さんが言い、
元村長はあらためて声を尖らせ、職員に詰め寄った。

「あんた、まだ話は終わっていないんだが」

「もう十分ですよ。この旧村でキャベツが大事にされてきた理由も、これでよく分かりましたんで」

「キャベツ村の村史は――」元村長はさらに言いかけたが、

「あ、どなたかお見えになったようですし、私はこれで」

そうして職員はさっさと腰を上げて出ていってしまい、入れ代わりに入ってきたのは、定時の集配にやって来た郵便局員のタニシだった。それが市の職員の単車を見送って曰く、

「あれ、誰？」

「あのアロハを見れば分かるだろう」

「市のアロハはキャベツの柄だぜ」

――それはそうだ。この土地なら、市の花は当然キャベツでなければおかしいのだ。

「いや、そういえば今月から一部、葉牡丹の柄に変わったんだったかな。どこかの村では縁起でもねえ、キャベツが歩くとかいうからな、ヘッヘッ」

郵便局員は笑ったが、それは四人組には届かなかった。元村長がとっさに窓から首を突き出し、キクエ小母さんが首を突き出し、元助役が眼鏡をかけ直して首を突き出し、郵便局長もめったにかけない眼鏡をかけて首を突き出し、走り去ってゆく単車を眺めて「あ！」と声を上げた。

「いや、あれは葉牡丹じゃない――」

「似ているが、たしかに違う――」

「バッサバッサと折り重なっているあの葉は――」

ケールか。

四人組は黙って顔を見合わせ、しばしそれぞれに忙しく頭をめぐらせた。顔つきといい、物言いといい、あれが市の職員でなかったら、何者だというのだ？　キャベツ畑の情勢を探りにきたケールの回し者か、飲料メーカーのスパイか。そうか、どちらにしろ、それならあの夜の結末はいやというほど知っていよう。なるほど、一番肝心のところを聞かずに行ってしまったわけだ。ああ、失われた我らが今日の昼寝。そして、またしても失われた我らが村史！

しかし、四人組はまたすぐに額を寄せ合うやいなや、

「いや、待て。そういえばこの春、旧隣村でケール畑を開いたと聞かなかったか――？」

そうだ、確かにそう聞いた。欲ボケの隣村の畑なら、きっと十分に大きかろう。四人組は一転して眼を細め、うなずき合い、深い満足の笑みを浮かべた。ああ、これでまた面白い夜が来る。ああ恐ろしや、恐ろしや。

そして、郵便局長が一声発して曰く、

「そら、タニシは郵袋《ゆうたい》をもってとっとと帰んな！　ここは禁断のキャベツ村だ」

「そうかい。キャベツ村だから麦茶の一つも出せねえ、ってか。ヘッ、せいぜいキャベツと遊んでろ」

かくして郵便局員も消えた。四人組は傾き始めた夏の日差しに背を向け、火のない夏のストーブを囲んでゆっくりと麦茶をすする。その額には、かの夜に見た光景がくっきりと浮かび、それがいつしか隣村に新たにつくられたというケール畑へ移しかえられて、活き活きと動きだすのだ。

いざ、天をも恐れぬこの村が、一世一代の祠を立ててまで大切に崇《あが》めてきたキャベツたちの出陣だ。滴るほどのアオムシを全身にまとい、数十万、数百万が川をなしてワッサワッサ、ワッサワッサと行進してゆくその先では、これもアオムシの巨大子持ち昆布と化したケールたちの海が、それを待ち構える。石臼のごとく重い冬キャベツたちの全身が、グワングワンと鳴り響き、人の背丈ほどもあるケールたちの葉もバッサバッサと唸りを上げる。

さあ、戦端が開かれた！　真夜中の闇を切り裂いて冬キャベツの巨体がグワングワンと回転を始め、己が葉という葉に溜め込んだアオムシの爆弾を投げ飛ばす。ケールも鋭いドリルのように回転して、アオムシを投げ飛ばす。空を切る無数のアオムシが閃光になり、飛び散った葉が舞い、バッサバッサ、グワングワン。もう山も畑もない、夜もない。青汁の雨が降り、アオムシの臭気が地を覆う。この地獄の白兵戦が終わるのは、引きちぎられ、食いつくされた数百万のケールの骸《むくろ》の山が累々と築かれるときだ。

行け、キャベツども！　我らが村史の一ページを飾れ。ジジババたちがついている。

四人組、跳ねる

こんな寒村でも、事件の一つや二つは起こる。

まだ雪の残る春先の旧バス道を、村の女が血相を変えて駆け降りてきたのは、いまから三十年前のことだった。女は、旧バス道の終点からさらに十キロほど山へ入ったところで炭焼きを生業《なりわい》にしていた治平《じへい》という男の女房で、集落まで辿り着くやいなや、朝起きたら隣に亭主ではない若い男が寝ていた、怖くなって逃げてきた、と訴える。そこで、役場の職員が炭焼き小屋まで様子を見にいったところ、女房がいう若い男の姿はなかったが、治平の姿もなく、その若い男はもちろん、治平もそのまま行方不明となった。当時すでに七十過ぎだった治平が、未明に古女房を捨てて家出する理由もないことから、当時は神隠しだと言われた。

それから一カ月ほどして、もう一つ珍事が起こった。雪が消えて間もないその旧バス道を、一台の真っ赤なジャガーが登ってゆくのを、数人の住人が見かけたのだった。まるで外国雑誌の広告に載っているようなうつくしい外車は、役場や郵便局兼集会所の前も通り過ぎていったので、当時はまだ現役だった元村長や元助役も、郵便局長もキクエ小母さんもそれをしっかり目撃した。運転していたのは女で、サングラスをかけていたために相貌や年齢などは分からなかったが、外車に乗るような女が一人、やがて行き止まりになる山道をどこへ行くつもりかと、誰もが不思議に思った。そして翌朝、その真っ赤な外車は再び旧バス道を戻ってきてそのまま走り去り、いったんは人びとの記憶から消えることになった。

そして、三つ目の珍事。あの消えた治平が突然、村に現れたのだ。五年前の四月初め、町のタクシーを役場に乗りつけた男が曰く、「おい村長、俺だ、治平だ!」

行方不明からかれこれ二十五年。あの炭焼きの治平ならすでに百歳近いはずだが、現れた男はせいぜい六十代にしか見えず、しかも東京でタクシーの運転手をしていたとかいう。村の住人はキツネにつままれた心地になった。おおかた治平が昔、山で培った恐るべき精力によってどこかの女に産ませていた外腹の子が、いまごろ治平を騙《かた》って現れたのだろう。治平も治平なら、子も子だと住人たちはうなずきあったが、そのとき九十を超えていた元女房が、今度は、あれはたしかにうちの亭主だと言い出したものだから、話がややこしくなった。

結局、もうたっぷり惚《ぼ》けていたとはいえ、長年連れ添った亭主の匂いだけは忘れないという元女房は、実に満足げな顔をして、その六十代の〈新〉治平と連れ立って炭焼き小屋へ帰っていったが、その後の二人の生活は少々謎めいている。

しばらくして、二人は町で買い込んだ大量のセメントを山へ運び、生け簀をつくってヤマメの養殖を始めたという話が流れた。二人が住んでいた小屋の近くの渓流には、ヤマメはいくらでもいるが、二人は村の漁業組合の許可を取っていなかったし、そもそも素人にヤマメの養殖技術があるはずもない。そこで、役場の職員が二人の様子を覗きにいったのが、ちょうど市町村合併の年の春のことだった。

するると、もとは炭焼き小屋だったその住まいには、敷きっぱなしの布団二組と二人分の茶碗や湯吞みのほか、財布と郵便貯金通帳が残されていて、二人の姿はなく、またも神隠しの状況だった。そして、小屋の外には直径十メートル、深さ一メートルの円形の生け簀があり、〈新〉治平の執念か、それとも山のムジナの仕業か、そこでは体長五十センチにもなる立派なコイが一匹、そして体長十センチほどの若いヤマメが数十匹、元気に泳いでいたのだ——。

さて、〈新〉治平と女房が消えて三年が経つが、珍事は続く。つい四日前のこと、春まだ浅い旧バス道を真っ赤なジャガーが一台、まるで飛ぶようなスピードでぐんぐん登ってきたのだ。郵便局兼集会所では、元村長がまず湯吞みを取り落とし、元助役はあわてて眼鏡をかけ直し、キクエ小母さんは干し柿を喉に詰まらせ、郵便局長は椅子から飛び上がって、四人揃って窓に駆け寄った。

見ろ、三十年前に見たジャガーだ——。

夢か？

「いや、あのジャガーは最新モデルだ——」

元スピード狂の郵便局長は慎重に呟いてみたが、まばたきも忘れていたのは、ほかの三人と一緒だった。真っ赤なジャガーは、地響きのようなエンジン音とともに郵便局兼集会所の前を駆け抜けてゆき、いっぱいに見開いた四人組の眼は、そのまま固まってしまったものだった。見たか？　女だ。あのときと同じ、サングラスをかけた女が一人、また山へ入っていったぞ――。

やがて、四人は高鳴る心臓を抑えておもむろにストーブに向き直り、顔を見合わせて深くうなずきあった。

「ついに来たな」

「ああ、来たね」

「心臓に悪いよ、まったく」

それから、元村長たちはひとまずその日一日待つことにした。〈新〉冶平の失踪後に判明したいくつかの事実から想像するに、いましがた山へ入っていったジャガーが翌日戻ってくる確率は半分、二度と戻ってこない確率が半分だったが、どちらにしても身体じゅうが沸き立つような話になることを、四人は知っていたからだ。かくして、鎮まるはずのない胸の高鳴りを鎮め、元村長は頭に入るはずのない新聞を開き、元助役と郵便局長は碁盤に碁石を並べ、キクエ小母さんは編み針をちくちく動かし続けて、その日は過ぎた。

はたして次の日、真っ赤なジャガーは戻ってこなかった。元村長たちは一つの確信をもち、さらに次の日、朝から弁当と水筒をもって山へ入った。午後の集配に来た郵便局員のタニシが、空っぽの郵便局兼集会所を覗いて、「またどこかで飛び跳ねてやがる」と呟いていったが、さらに次の日も空っぽなのを発見するに至って、今度は少し腑に落ちない顔つきになり、山のほうを仰いだ。しかし、所詮タニシに脳味噌はない。結局何も考えられず、普段どおり鼻唄とともに帰ってしまったのだった。

そして三日目の朝、旧バス道沿いの郵便局兼集会所にはまた四人組の姿があり、何事もなかったように新聞と囲碁と編み物の一日が始まったのだが、よく見れば、三日前とは違う点もあった。一つは、四人が四人とも膏薬《こうやく》の臭いをぷんぷんさせていたこと。そしてもう一つは、どの顔も心なしか肌がつやつやして、なにやら満ち足りた様子だったこと。

加えてその日の集落は、早朝から突然、何台ものパトカーや機動隊を運ぶバスなどが旧バス道を上がってきて山へ入ってゆくという晴れがましさだった。これで、元村長たち四人のこころが躍らないわけがない。かくして一昨日からの出来事を振り返り振り返り、わくわくしながら何食わぬ顔でストーブを囲み続け、穏やかに昼も過ぎたころだった。

そら来た！　山から戻ってきたパトカーが一台、郵便局兼集会所の前に止まり、四人は眼だけゆるりと動かした。降り立ったのは私服の刑事二人で、古ぼけた看板を見上げ、湯気で曇った窓のなかを覗き、こんなところに人がいるとは思わなかったという鈍い顔つきで入ってきて曰く、

「この先で、外車が一台見つかったんだけど――」

「明け方警察に電話したのは私たちだから、知っている」

元村長がまずはおもむろに答えた。

すると、刑事たちは鈍い顔のまま、薪が爆《は》ぜるストーブやその上の薬罐と、それぞれ襟足から盛大に湿布を覗かせて坐っている年寄り四人の顔を順に眺めた後、あらためて尋ねてきたものだった。

「爺さんたちが車を発見したわけ?」

「年寄りが発見したら悪いのかね」

「警察署に電話をしてきたのは、女だったというんだが」

「あ、それ、あたしだよ」今度はキクエ小母さんが答えた。「電話をかけたのはこの元村長で、喋ったのはあたし。へえ、若い女の声だったって?」

「若い女と言った覚えはないけど。それで爺さんたち、車を発見したのはいつだったって?」

「最初に見たのが二日前。電話でそう言ったと思うが」

「すぐに通報しなかった理由は?」

「獣道に毛が生えたような山道で、違法駐車でもあるまい。車が止まっているというだけでは通報する理由がない」

「外車で、品川ナンバーで、キー付きで、しかも行き止まりの先は、道もない山奥だろう。へんだと思わなかったのか」

「全然」

「べつに爺さんたちを責めるわけじゃないが、あの車の持ち主は有名な女優でな。御歳九十でも四十にしか見えない、永遠の清純派女優と言えば、名前は想像がつくだろう？　それが四日前から行方不明で、車だけが見つかったわけだから、これはただの違法駐車の話じゃないの。分かる？」

「ほう、女優さんか。なるほど、なるほど――」

「なるほど、って何だ？」

「秦の始皇帝でも不老長寿の秘薬を求めて旅に出たのだ。女優さんなら、なおさら若返りは至上命題だろう。なに、旧バス道の先の山奥に、若返りの泉があるのさ」

元村長がなに食わぬ顔で言えば、ストーブの上の薬罐の蒸気で眼鏡を曇らせた元助役が一言呟いて曰く、

「その泉には、大きなヤマメの主がいる」

「いや、正確に言うと、大ヤマメが歳を取ってボケたんで、代わりに私たちがコイを放り込んでおいたんだが――」

郵便局長が言い、さらにキクエ小母さんがちくちくちく編み針を動かしながら言った。

「そのコイも、もういい加減な歳だったけどね。かわいそうに、その女優さんとやらに生き血を吸われてさ」

そうして年寄り四人が思わせぶりにうなずき合う傍らで、刑事二人はストーブの端まで聞こえるようなため息をつき、早くも身体の半分を戸口のほうへ向けながら言った。

「あのなあ、ヤマメだのコイだの、爺さんたちの茶飲み話を聞きに来たわけじゃないんだ、警察は。人が一人、行方不明だというのは、爺さんたち、分かっている？」

「私たちも、だてに歳は取っていないつもりだが。型式はもちろん違うが、赤いジャガーは三十年前にもこの山へやって来て、今回は二回目だ。乗っていたのが同じ女優さんなら、これで計算が合う」

「三十年前にも来た、だと？」

「来たとも。村じゅうの人間が知っていることだ」

「計算が合うというのは、どういう意味だ」

「その泉で若返るのは、一回につき三十年。今年九十になるその人が三十年前、その泉で三十年若返ったのなら、こういう計算になる。九十年－三十年－三十年＋三十年＝六十年。そしてお化粧でマイナス二十年。その女優さんがいま現在、四十歳に見えるというのは、そういうわけだ。そして今回、その人はもう一度三十年若返って、三十歳になるつもりだったのだろう。若さなんて、いい加減退屈だろうに」

　その元村長の言葉が終わる前に、刑事二人は再び踵を返しかけていたが、四人組の眼に射抜かれたか、何かの虫の知らせか、結局戸口から向き直り、「あのなあ――」と言いかけて、何度目かの大きなため息をついた。

「この村がふつうでないという話は、なんとなく聞いてはいたけどな――。爺さんたち、つまり二日前にあの赤い車が山に入ったのを見ていたわけか」

「誰が二日前だと言った。車が旧バス道を山のほうへ向かっていったのは四日前だ。そして、私たちが誰も乗っていないその車を発見したのが、その次の次の日、つまり二日前になる」

「それで、女優が泉とやらへ行ったのを分かっていて、今朝まで警察に連絡しなかったのは、どういうわけだ」

「なに、私たちも連絡すべきかどうか迷ったので連絡しなかっただけだ。その女性は死んだと聞いたものでね」

「誰から――」

「むろん、泉のヤマメたちからだ。ほかに誰がいる」

そこで、刑事二人は三たび踵を返して戸口に手をかけ、それを元村長の重々しい声が呼び止めたものだった。

「あんた方、真実を知らないで済ませるつもりかな？」

「膏薬をぷんぷん臭わせながら、警察を相手に何を言いやがる。せいぜいボケ老人の集会所かと思っていたら、あんたらみたいなジジババ、見たことがないよ、まったく」

刑事たちは言い、「湿布を張ったらいけないって法律でもあるのかい」キクエ小母さんが吐き出した傍らで、今度は郵便局長が少し声を張り上げて言った。

「あんたたち、さっきから大事なことを一つ忘れているだろう。あの赤い車の写真はどうした。あんたたち警察が勝手に道路につけているカメラが撮った写真！」

「そうそう、昨日の夜、駅前の交差点を通ったときに、信号機の上でカメラがピカッと光ったな」元村長も言い、

「たしか、Nシステムとかいうはずだ」元助役が言い、

「まあ、だいぶんスピードを出していたからね」キクエ小母さんがさらに言い、

「それは認めるが、信号無視はしていない」郵便局長が言って、刑事二人の顔はいよいよ歪み始めた。

「昨日の夜、あの赤い外車で駅前を通った、だと？　爺さんたちが？　誰が運転していたんだ――？」

「私だ。車の運転には自信がある」郵便局長が胸を張り、

「元祖太陽族さ」元村長も言い、

「動体視力はイチロー並み」元助役が真顔で呟けば、

「なに、ひやひやものだったよ」キクエ小母さんが応じ、

「あのなあ、爺さんたち――」刑事二人はついに戸口を離れて、数歩歩みだしてきた。

「つまり、山道に放置されていた他人の外車を盗んで、町で乗り回した、ってか？　それから

警察に電話したのか？」

「盗んではいない。一日借りただけだ」

「同じだ、ばかもの！　だいたい爺さんたち、いい歳をして他人の車を転がそうなんて、何を考えているんだ――。ああいや、また騙されるところだった。爺さんたち、これ以上警察をからかうと、署まで来てもらうよ」

するとキクエ小母さんがまた一言曰く、

「おや、面白そうじゃないか」

そして、こと車の話になると意気軒昂な郵便局長が、珍しく首を突き出して声を高くした。

「さっきからおとなしく聞いていりゃあ、爺さん、爺さんって、うるせえんだよ、ポリ公。この私が車を運転していたと言っているんだ。聞こえなかったのかね？」

そしてその傍らで、「こいつは元太陽族というより、まあ俗にいうワルだな、うん」元助役が呟き、「もてないワルだった」キクエ小母さんが笑いだしたところで、元村長があらためて凄味をきかせて言ったものだった。

「あんた方、携帯電話ぐらいもっているだろう。まず交通課に連絡をして、昨日の通行車両の写真を調べることだ。それから、山で捜索をしているお仲間に、引き返すよう連絡するといい。その女優とやらは、探しても見つからない」

「誰がそんなことを言っている」

「泉のヤマメたちさ」

そこで、四人組のきらきら光る視線を浴びながら、刑事二人は短いひそひそ話を交わし、それから一人が携帯電話をかけ始めた。そして、もう一人はあらためてストーブのそばまで足を運んでくると、にやにや笑いだした。

「で、ヤマメがなんと言ったって？」

「ふん、そんなに軽々しく聞かないでもらいたい。この村の秘密のなかの秘密なのだから」

元村長はじわりと眼に光を滲みださせて言い、すっくと背を伸ばして、まずは三十年前に行方不明になった炭焼きの冶平が、五年前に突然六十代に若返って現れた後、古女房とともに再び消えた顚末を手短に話した。つまり、別人だと思われていた〈新〉冶平は、冶平本人だったのだ、と。

「そうと私たちが知ったのは、生け簀に残されていたコイとヤマメを川へ返しに行ったときだ。まあ食ってもよかったのだが、ヤマメという魚はアユやアマゴと違って、ちょっと恐いところがあるのだよ。川を下るやつは海まで出てサクラマスになるが、川に留まるやつは四年も五年もひっそり生き続けて川の主になる。ほとんど姿を見せることもないし、滅多に釣り針にかかることもない。もしかかっても、村の住人なら、祟りを恐れてその場で逃がしてやる。生け簀のヤマメたちに聞いたところでは、三十年前、冶平もそうしてヤマメを一匹逃がしてやったらしい」

「ほう。ヤマメが口をきいたわけか」

「この村ではカタツムリだって口をきくさ。さて三十年前、治平がヤマメを逃がしたのは、川の上流にある泉だった。村の者でもふだんは近づかない原生林のなかにあって、それは神秘的でうつくしいところだ。その泉にしばらく浸かれば、夜明けには若返る。そうヤマメに教えられた治平は、おそらく軽い気持ちで試しに浸かってみたのだろう。すると翌朝、ほんとうに三十年若返ってしまった。――と言っても、隣で寝ていた女房のほかには、誰も見た者はいないがね。

とまれ、そこから先は初めに話したとおり、治平は山から姿を消し、その一ヵ月後に赤い外車が現れた。時系列から想像するに、姿を消した治平が東京でタクシー運転手を始めて間もなく、その女優さんとの出会いがあったのだろう。東京の女優さんが、この山の泉のことを知るはずがない以上、治平が話したのだ。昔から年増の女性に弱い男だったから。そして、当時六十だったその女優さんも、山の泉でめでたく三十年若返って、翌朝山を下っていったというわけだ」

「なかなか面白いねえ。それで？」

「五年前、二十五年ぶりに治平が戻ってきたのは、もちろんもう一度若返るためだった。炭焼き夫でも女優でも、人間の欲望に差はないということだ。ところが今度は、いくら泉に浸かってもうまくゆかない。そこで治平は考えた。泉のヤマメたちも代替わりして霊力が無くなったからか。あるいはかつて大ヤマメを逃がしてやったような善行を、今度はしていないからか。治平が生け簀でヤマメの養殖を始めたのは、そういう理由だったに違いない。そうして三年前、すなわち市町村合併で村の名前が消えた年の春のこと、治平と古女房は揃って姿を消したのだが、結論から言えば、若返りの霊力は結局授かることはなく、二人とも川の藻屑《もくず》と消えた。私たちが生け簀のヤマメたちを放流しに行ったとき、泉の端で二人の衣類を発見したから、これは間違いない」

「へえ、爺さんたちはそれも通報しなかったわけか」

「本来なら百歳近い爺さんと九十過ぎの婆さんが、山で死んだというだけの話だ。警察の出る幕ではない。ヤマメたちの話によれば、泉に入った二人はそのまま溺れて、あとは泉の生きものたちがきれいに遺骸を平らげた。そして大きな骨は、泉の底から湧いてくるバクテリアが——。これが自然というものだよ。ヤマメたちが言うには、彼らも次々に代が替わって、いまでは自分たちの霊力に自信がもてないし、後期高齢者が早春の泉に入るのは心臓によくないと二人を止めたのだが、耳を貸さなかったということだ。ただし、四日前に山に入った女性の場合は、ちょっと事情が違う」

「どう違うんだ」

「ヤマメたちによると——」

そこで、少し前から警察署と電話でやり取りをしていたもう一人の刑事の声が割って入った。

「おい、車の写真があるって——。今日の午前零時過ぎ、駅前交差点のカメラがスピード違反の当該車両を撮っているって——」

「そら、だから言っただろう！」

郵便局長が得意気な声を上げたが、刑事二人のほうは、いまは額を突き合わせ、しきりにひそひそ話だった。

「ナンバーも車種も一致しているので、間違いないそうだ。ただし、運転席に映っているのは若い男らしい。助手席の男も若い。後部座席はよく分からないそうだが——」

「若い男——？」

刑事二人はもう一度四人のジジババを眺め、また再び額を突き合わせてしばし天井を仰いだ。それを横目で眺めて、キクエ小母さんが「いやだね、あたしらの顔を見たよ」

「眼の前に永遠の青年がいるというのに」郵便局長も言い、そこで元村長があらためて首を突き出したものだった。

「そら、あんたたち。肝心の女優さんの話がまだ終わっていないが、聞くのかね？　聞かないのかね？」

刑事二人は半身をこちらに向け、さっきまでとは少し違う顔つきで「あのなあ——」と言いかけ、「だから——」と言いよどんだ末に、再び口を開いて曰く、

「それで、女優がどうしたって？」

「これは、私たちが二日前に赤い車を発見したその足で泉へ行ったときに、ヤマメたちから聞いた話だ。彼ら曰く、その女優さんはその前の日に泉に入った後、いったん車に戻ったが、翌朝——すなわち私たちが泉に行った日の朝だが、また泉に戻って来た。なぜなら、前回のように若返ってはいなかったからだ。ヤマメたちの話では、化粧もしていないその女性は、まさしくお婆さんだったそうだ。私たちはサングラスをかけた姿しか見ていないが、眼のいいヤマメたちが言うのだから、きっとそうだったのだろう。とまれ、その婆さんは鬼気せまる形相で、自分はどうしても若返らなくては困るのだと泉に向かって叫んだ。そして、なんと勇ましくも車用のジャッキを手に泉に入ってきて、浅瀬で寝ていたコイの頭をドカン！　気を失ったコイを引き揚げて、その場で生き血を吸ったそうだ——」

「執念だ」元助役が感慨深げに言い、

「女だよ」キクエ小母さんが言い、

元村長は続けた。

「さあ、それを見ていた泉の主たちは黙ってはいなかった。ヤマメたちを先頭に、小さいヨシノボリやハヤ、ニホンザリガニにサワガニ、そして、まだ冬眠から覚めていなかったカエルにタガメたちが一斉に水から揚がってサワサワ、サワサワ。群れをなして、まずは瀕死のコイを奪還した後、サワサワ、サワサワ婆さんを担いで水に引きずり込んだ——。あとは治平たちのときと同じだ」

「食ってしまったのか――」

「自然の循環と言ってほしい」

刑事二人はまたしても顔を見合わせ、いまは自動的に手帳まで取り出して、あらためて尋ねてきたものだった。

「爺さんたちが泉に行ったとき、正確には何を見たんだ？　ヤマメだけか？　コイは？　衣類は？」

「見たのは、まずは青い鏡のような泉さ――。三年前もそうだったが、あまり藻も生えていないのに、なぜか色ガラスのように青いのだ。あんた方も行けば分かる。水紋一つない。音もない。深さが分からない。たぶん深いところは数十メートルもあると思うが、光線の関係で膝丈ほどの深さしかないように見えることもあって、思わず吸い込まれそうになる。そこにプク、プクと小さな泡が湧きだしてきて、誰かいると思ったら、腹ビレを上にしたコイだった。三年前、私たちが放してやったコイが、一メートルほどにも育って、大きな影が水面に揺れていたよ。私たちは、おい、どうした！　と声をかけた。すると、コイが言うのだ。ああ、生き血を吸われちまって、もうだめだ、めまいがする、天地が逆さまだ、空がこんなに青かったとは――とか何とか。

おおい、しっかりしろ！　いま助けてやるぞ！　私たちは声をかけてみたが、こっちもいい加減に歳だし、冷たい水に浸かるような勇気もない。そこでヤマメどもを呼んで、彼らにコイを岸まで運んでくれと言ったら、一匹また一匹、川底から上がってきたヤマメたちが、どいつもこいつもゲップを洩らしながら、いまは腹がいっぱいで動けないという。心配しないでおくんなせえ、コイさんの恨みなら、あっしらがみんなで晴らしてやりやした。ひでえ婆さんでしたが、もう骨の一かけらも残ってやしません、とさ。

さて、私たちは冶平の先例を知っているから、それほど驚いたということもなかった。しかし、そんな話を聞いて、あらためて泉とその周囲を見渡してみると、現《うつつ》とも夢ともつかない風景がそこにあったものだ。色ガラスのような水面から一匹また一匹ヤマメが頭を覗かせて、つぶらな眼をこちらに向けて笑っている。コイの大将が、何やら口をぱくぱくさせて、やれ天地が逆さまだの、空が青いだの。しかし泉の上の空は、大気の層が消えて、一枚の乳白色の幕が水面のすぐ上にかかっているかのようなのだ。ありていに言えば霧だが、その霧とて、ほんとうは出るはずのない晴天の真昼の霧だ。

おまけに原生林ときたら、季節的にまだ芽吹いていないはずのミズナラやブナが葉を繁らせていて、濃い緑の紗が何枚も重なり合って、どこまでも続いている。下草も然り。そして、ふと見ると、その女性の始末にかかわったらしい生きものたちが、腹がくちくなった末にそこらじゅうでまったりと昼寝の最中だ。サワガニにザリガニ、蛇にカエル。ツキノワグマまでいたよ。そうそう、つがいのキツネが紫色の花模様のワンピースをひっかけて踊っているのも見たが、あれはおおかた、その女優さんとやらの着ていた服だろう。ずいぶん派手な服だな、いや流行遅れだよ、などと私たちは話し合ったけれども、いまごろはキツネたちの嫁入り衣装になっているだろう――」

「そう、いい光景だったよ」キクエ小母さんはうなずき、

「先を急ごう、そこからが凄いんだ！」郵便局長が急《せ》かし、
しばし声もない刑事二人をよそに、元村長は続けた。

「たしかに問題はそこからだ。私たちもあやうく眠りそうになったそのとき、泉のヤマメたちが言ったのだ。いまは自分たちも修行中なので、ご先祖たちのような霊力はないが、全員で力を合わせたら、気分だけでも若返らせることは出来ると思う。どうだ、試してみないか、とさ。そう言われても、私たちはわざわざ若返ってすることもないし、若さという退屈をいやというほど知っているからな。しかし、気分だけなら、まあ悪くはない。そういうわけで、足をちゃぽんと浸すだけでいいということだったから、私たちは四人で言われるとおりにしたわけだった。靴と靴下を脱いで――」

「信じたわけじゃないけどさ」キクエ小母さんが言い、

「私は少し信じたね」元助役はひとりうなずき、

「私は断じて若返りたかった！」郵便局長が言い、

「私は、まあ微妙だと言っておこう」元村長は言って、話はこう続いた。

「時刻はもう夕方だったから、私たちは持参してきた弁当を食って、暗くならないうちに旧バ

ス道まで山を降りた。そして道端の赤い車を横目で眺めながら、その日は家に帰ったのだが、明け方ごろ、何かむずむずするんだな、これが――。身体じゅうが熱いような、沸き立つような、ちょっと言葉にできない不思議な感じだった。それで寝られなくなって、郵便局長たちの家に電話をかけたら、みんな同じだという。見た目は何も変わっていないが、いつもと気分が違うのだよ。それで朝早く、また四人であの車のところに集まると、郵便局長が言うのだ。これに乗ってドライブに行こう！

まあ、不思議なことだった。ふだんなら、絶対そんな気持ちにはならないのに、そのときは、よし行こうと全員が口を揃えた。そして、私たちはその赤い車で出発したのさ」

「よし、あとは私が話そう！」

熱っぽい眼をした郵便局長が身を乗り出して言う。

「いい車だったな――！　エンジンはチューンアップしてあるし、サスペンションもスポーツタイプに変えてあって、乗り心地の固いのなんのって。あれ、ほんとうに九十の婆さんが乗っていたのかね？　信じられないね！　カーブだらけの山道も、タイヤのグリップが違う。路面に吸いついてぐいぐい走れるし、ハンドリングもいい。加速もいい。ともかく久々のツーリングだ。ジジババ四人でも、気分は若者さ！　ああ、走り出したら時間を忘れた。さあ、どこまで行こうか。軽四輪なら一時間かかる山道を半時間で降りてしまって、町へ出ると、高速目指してまっしぐらだ。そうそう、キクエさんが海へ行こうと言ったんで、私たちは中央道に乗って東富士五湖道路経由でまずは熱海から伊豆半島へ出た。春の潮風を浴びて石廊崎まで海岸道路をぶっ飛ばすなんて、何十年ぶりだろう！　いやあ、昔と違って最近の舗装はいいねえ。車もいいから、走りの音が違う。思わずアクセルを踏み込んで、エンジンの回転を身体じゅうで味わう、あの快感といったら！　時速百キロなんて軽い、軽い。百六十キロは出したかな、あのときは。すると、どうだ。助手席の元助役までがひゅうひゅう口笛を鳴らしてさ。後ろのキクエさんなんか、小娘みたいにキャアキャア。元村長も、飛ばせ、飛ばせ、もっと飛ばせ！　そう言われたら、こっちの血も騒ぐ。ほかの車をあおって、あおって、あおりまくったが、不思議に全然疲れないんだ。むしろ、腕も足も熱くて仕方がない。それから小田原へ出て東名高速をぶっ飛ばして、昨日の夕刻にはどこにいたと思う。東京湾さ！　ああ、私たちの頭上に汐留の高層タワーのネオンが降り注いでいた——」

そこで、刑事たちがやっと重い口を開いて曰く、

「つまり、一日あの車を転がして、深夜零時過ぎに町まで戻ってきて駅前交差点を通過した、ってか——。しかし、さっきも言ったとおり、写真に映っているのは、残念ながら爺さんたちじゃない。若い男だったってさ」

「そんなはずはない。乗っていたのは間違いなく私たちだ。それが証拠に、昨日一日飛び跳ねすぎたおかげで、今日はこのとおり全身湿布だらけさ」元村長は言い、

「最後にもとの場所に車を戻したあと、夜中に家まで歩いて帰ったのがこたえたね」郵便局長

が言い、

「あの婆さんの霊も憑《つ》いているし」元助役が言えば、

「帰りにお線香は供えたよ」キクエ小母さんが言い、

「ああ分かった、分かった。まあ爺さんたち、せいぜい長生きしてくれ。警察は忙しいんで、これで失礼！」

刑事たちは言って、今度こそ立ち去ってしまった。そしてパトカーが再び山へ戻ってゆくのを見送った後、四人組は少し疲れた顔を見合わせ、それから「あ！」という顔になった。少しドキドキし、柄にもなく胸が熱くなった。

ひょっとしたら――。

いや、だったらどうだというのだ。私たちは、いまのままで十分楽しい。山も川も私たちのもの。気が向けばヤマメと話もするし、どこかの他人の車だって自由に乗り回す。

四人組はもう一度顔を見合わせてにんまりし、それから、誰からともなく新しい湿布を取り出して、ほれ、肩に張ってくれるかい？　私は腰に頼むよ。おお痛い、痛い。

かくして郵便局兼集会所には、またたっぷり膏薬の臭いが満ちるのだ。

四人組、虎になる

夜半に秋の嵐が駆け抜けていった日の翌朝、村人たちは一斉に落ちた渋柿の実を拾いに出かけてゆき、それぞれバケツに何杯もの収穫を家に持ち帰ると、今度は吊るし柿にするための皮むきが始まった。晴れ上がった秋空の下、あちこちの軒先に柿色のすだれがぶら下がれば、もう村祭りだ。

もちろん、旧バス道沿いの郵便局兼集会所でも、キクエ小母さんがここぞとばかりに集めてきたバケツ六杯分の柿の山が、どかんと土間に置かれた。一年分のお茶のお供になる大事な柿だ。一つ一つていねいに皮をむき、へたに荒縄を回して五、六個ずつ数珠つなぎにしたものを裏の軒に吊るしておけば、晩秋にはふっくらとして甘い粉をふく。かくしてキクエ小母さん以下、元村長と元助役、そして郵便局長の四人は黙々と皮むきに取りかかったのだが、その単調で穏やかな秋のひとときは一時間も続かなかった。

突然、ガラス戸をがたがた鳴らして入ってきた中年男が一人。頭から足下まで濡れそぼち、ジャケットとジーパンの街着は登山者のようでも、ダム工事の関係者のようでもない。それが、だらりと肩を落として一声発したのだった。

「死にそうなんですけど——」

「見れば分かるよ」

元村長が眼だけ動かして一言応じた直後、キクエ小母さんが「あ！」と声を上げた。

「昨日の夜、ピカッと光った雷で眼が覚めたら、窓ガラスにぴったり張りついた顔が一つ。男があたしの寝間を覗いていたんだよ！　この顔だよ、この顔！」

男は、右手に包丁、左手に柿という四人のジジババにじっと見つめられ、眼を落として口をもごもごさせた。

「あの——腰が抜けるかと思ったのはこっちのほうですよ。昨夜から道に迷ってうろうろしていたら人家らしきものが見えたので、近づいて窓からなかを覗いたら、頭にカーラー、ピンクの寝間着のお婆さんがこっちを見ている。てっきり、化けものかと——」

「この包丁、今朝研いだばかりさ」

キクエ小母さんは一言いい、元村長があらためて横目をやった。

「で、嵐の夜にこんな山でなにをしていたって？」

「それはその、いろいろあって——。道に迷って日が暮れてしまったんで、隧道のなかで雷雨を避けていたら、出口のほうに光る眼がいくつもあって、それがドドドドと地響きを立てて走り出した。それで、稲光のなかで一瞬見えたのが、毛のない剥げた頭と、カッパのような嘴《くちばし》と、長い首で――。あの、聞いてくれてます？」

「聞いてるよ」

「それで、もうびっくりして、隧道を飛び出して山へ逃げ込んだら、今度は声のような声でないような、破れた肺から空気が洩れるような音が、真っ暗な雨の向こうでシャーッ、シャーッ。ドドドド、ドドドドド。あれ、何なんですか――」

「ダチョウだ。村で飼っている」

「聞こえたのは、発情期のオスの雄叫び」

「メスをひきつれたハーレムさ」

「ダチョウになりたいね」

一言ずつ返して、柿の皮をむく四人の手は動き続け、男は穴があいたような顔をして、ひとまず深いため息をついた。

「そういえば、最近は猿や鹿から畑を守るためにダチョウを飼う田舎もあるという話は、聞いていますけど。そうか、ダチョウか――」

「うちの村としては、倒産した旧隣村の牧場から仕方なく引き取っただけだが、畑の番どころか、植えてある野菜を食うわ、生ゴミは食うわ。大飯食らいの上に頭が悪い。卵まで不味い」

元村長が言えば、

「おまけに徒党を組んで走り回る」元助役が言い、

「村の暴走族」郵便局長が言い、

「もちろん、精力絶倫」キクエ小母さんが補足した、その間にも休みなく皮をむかれた柿が一つ、また一つ金盥《かなだらい》に放り込まれていったが、そうこうするうちに表の旧バス道のほうでは、遠くのほうからドドドド、ドドドドド。地面が鳴りだし、戸口の男が「うわァ」とのけぞった。そして、その地響きがダッダダッダダッという足音に変わり、突然鳴り止んだかと思うと、ストーブの後ろの窓の外に、小さな禿げ頭を載せた長い首が二十ばかり、ゆらりと突き出していたもので、それらがつぶらな瞳をぱちぱちさせながら、集会所の人間どもに向かって次々に会釈をしてみせる。

「ほら、私らの話をしていたか、ってさ」

「まったく、耳だけはいい」

「若いね」

元村長たちは包丁の手を動かしながら呟き合い、

「ダチョウって、喋るんですか――」男が恐々尋ねると、

「ダチョウに声帯はない」一言応じて、元村長は窓から柿の皮を一摑み道路に放り投げる。すると、ダチョウたちは我先にそれをくわえて秋空の下、得意気に首を高く伸ばし、腰を振りながらダッダダッダダッ、ダッダダッダダッと走り去ってゆき、あとにはまた一つ、男の大きなため息が残った。

「なんか、すごい村ですね――」

しかし、四人はもう柿の皮むきに戻っていて返事はなく、男は仕方なくもう一声かけることになった。

「あの――、寒くて死にそうなんで、ストーブにあたってもいいですか」

それにも返事はなかったが、寒さには換えられなかった。男はストーブに近づいて、そばの椅子に坐り込み、素知らぬ顔で柿の皮をむき続ける年寄りたちを眺めては眼を泳がせ、また眺めてはとりとめない思いを口にした。

「そういえば昨日の昼、柿の木をたくさん見ましたよ。枯れた灰色の山に赤い実が点々と散っているのが、なんだか血のようで――。あ、でも、土地の人はふつうに吊るし柿にするんですねえ。なんだか長閑だなあ」

「これが長閑だって？」

四人は、柿渋で真っ黒になった手指と包丁を突き出して見せ、男は気《け》おされたように眼をそらせて、ストーブの前であらためて縮こまる。そうして、ぼそぼそと続けて曰く、

「でもこの山、たしかに富士の樹海より静かだし、入ったら出られないし、誰も探しにこない。静かに消えるには一番の穴場というところですよ。ああいや、私、べつに自殺をしに来たわけではないですけど」

「だったら、何をしに来たのだ」

「それはまあ、ふらりとどこかへ消えたくなることもありますよ、人生は――」

そんな人生、あるかね？　ない、ない。四人がちらりと横目を交わす傍らで、男はさらに続けた。

「まあ、そんな恰好をつけた話でもないですけどね。ネットに、この山里が自殺には最適という書き込みがあったので、なんとなく来てみたら、嵐になってしまって。おまけにダチョウに追いかけられるわ、人家に迷い込むわ――。昔から、何をしてもダメな人生でしたけど」

「まあ、そのようだね。しかし見てのとおり、私たちはいま忙しいのだ。この柿の山を片づけなければならないし、あのダチョウどもの行く末も決めなければならない。三日後には村祭りも始まる。話があるのなら聞いてやらなくもないが、手短に頼むよ。なあ諸君」

元村長がおもむろに仲間に声をかけると、元助役たち三人はそろって顔だけ男のほうへ向けてニッと笑い、「久しぶりの獲物だ」「取って食おうとは言わないが」などと呟きあって、またすぐに皮むきに戻ってゆく。

そして、元村長があらためて口だけ動かして曰く、

「で、ネットに何と書かれていたって？」

「死ぬのには最適の山里だと」

「ダチョウが走り回っているから、蹴られて死ねるって？」

「いや、静かなことや、誰も探さないことや――」

「残念ながらあのダチョウどもがいる限り、静けさにはほど遠い。まあ、誰も探さないというのは事実だが、そうか、私たちの知らないところで、何人もこの山で成仏しているということか。なるほど、どうりで近ごろ、火の玉が増えたはずだ。夏の夜にやけに大きな蛍が飛んでいると思ったら、火の玉なのだよ、この村は」

「そうそう、この間は地蔵さまがやけどをして、飛び跳ねていた」郵便局長が続けて言い、

「そういえば、柿の実もやけに赤い」元助役も言い、

「いや、あの、私はべつに死ぬことは考えていなかったというか――」

「遠慮しなくてよろしい。昨夜は嵐やダチョウのせいで、目的を遂げられなかったというのなら、私たちがあらためて協力しよう。入ったが最後出られない洞穴《ほらあな》に、硫化水素の噴き出す谷。スズメバチのねぐらに、人食いヤマメの棲む泉。お好みの場所はあるかね？」

「いや、あの、そう言われても――」

「こういうことは勢いで決めるものだ。昔からそう決まっておる。それに、私たちも忙しい」

元村長は言い、すかさずキクエ小母さんの一声が飛んだ。

「で、遺書は用意したのかい？」

「え？　いいえ、あの――」

ぐずぐずと言葉を濁す男をよそに、今度は湯気で眼鏡を曇らせた元助役が、柿の皮をむく手を止めもせずに曰く、

「遺書は書いたほうがいいな、うん。ただの行方不明では、遺された家族が迷惑する」

そしてさらに、郵便局長が急かして曰く、

「面倒くさい。便箋も封筒もあるから、私が代筆してあげよう。遺書なんて、簡単でよいのだ。生前はお世話になりました。どうか先立つ不孝をお許しください。それではさようなら、ってなものだ。ただし、切手代八十円は払っとくれ」

そうして柿と包丁をいったん置くと、郵便局の机から便箋などを取り出してきて、それを開くやいなや、「さあ、時候の挨拶から始めるか？　それとも単刀直入にいくか？」

「いや、あの、急に言われても――」

男はなおも鈍い顔で眼をしばたたき、業を煮やしたキクエ小母さんがちらりと凄味をきかせる番だった。

「あんた、女の寝間を覗く根性があるくせに、遺書一つ書けないのかい。そんな調子で自殺だなんて、百年早いよ」

「よし、それなら大奮発して、切手代も出してやろう。どうだ、腹は決まったか？」郵便局長もさらに言い、

「まあ、迷うのは脳味噌がある証拠だな、うん。あのダチョウどもなんか、うちの村へ流れてきたその日から、ワッサワッサ、キャベツを食っていた」元助役がいつものように思慮深げな顔をして脱線すると、

「キャベツだけじゃない、うちの盆栽まで食いやがって。まったくどういう育ち方をしたんだか」郵便局長が応じ、

「ほんと、あたしたちもつくづく人がいいねえ――」キクエ小母さんがふふと笑いだしたところで、元村長がせわしげに話を戻して言った。

「こうしていても埒があかない。おい、あんた。この忙しい私たちが、わざわざ遺書を書いてあげると言っておるのだ。しかも、世間に恥ずかしくない立派な遺書を、だ。さあ、簡単に身の上話をしてみたまえ。まず、生まれは？」

「北海道の釧路ですけど――」

「それはまた、思いっきり遠くから来たものだな。そこに、まだ親はいるのかね？」

「親はいません。顔も知らない」

「木の股から生まれてきたということか。それはつまり、好き勝手に生きられる、いいご身分ということだ。なにより親の介護の必要がない。で、仕事は？」

「十八で厩舎に入って、それから騎手になって――」

「お！　乗った馬は？」

郵便局長がすかさず首を突き出すと、横から元助役も身を乗り出して曰く、「シンボリルドルフ、ナリタブライアン、ディープインパクト、トウカイテイオー――」

「そんな馬とめぐり合っていたら、いまごろここにはいませんよ」男は力なく笑い、いよいよ

肩を落とした。「才能がなかったんですね。地方競馬でも芽が出ずに、三十前に引退したあとは、病気はするわ、仕事はないわ——」

「自治体の元首長として言うが、そういうときこそ、生活保護で寝て暮らせばよいのだ。生活保護がだめなら、救急病院の前で倒れたふりをすればよい。で、家族は？」

「嫁さんとは、とうの昔に別れました」

「ほう、人生最大のストレスがないということか。羨ましい話だ。ところで生活はどうしている。借金漬けかね？」

「四十も過ぎて、独りでふらりとこんな山にやってくる男に借金がないわけがないでしょう。お察しのとおり、パチンコに競馬に競艇で、ずっとサラ金通いでしたよ」

「まあ、絵に描いたような話ではあるな。しかし借金など、自己破産して踏み倒せば片づく話だ。死ぬ理由にはならん」

「何度もいいますが、私、べつに死ぬつもりでここに来たわけではないんで——」

「いいよ、いいよ、みんなそう言うのだ」

「この際正直に言いますが、いろいろ事情があって、私、指名手配というやつがかかってまして。いや、こう言ってしまった以上、過去形で言うべきかもしれませんが。あの——聞いてくれてます？　私、指名手配なんですけど——」

「だから？」

四人は顔も上げず、手も止まらず、相変わらずつるつると皮をむき続け、皮をむかれた柿がその手から一つ、また一つ金盥へ積まれてゆく。

「ねえ皆さん、この顔に見覚えないですか？」

見たことある？　ない、ない。四人は首だけ横に振り、男は拍子抜けしたようにさらに肩を落として言った。

「これでも、けっこう有名なんですけどね――」

「こんな山奥でそれを言ったってな。で、指名手配だからどうだって？　死ぬの、死なないの？　さっきから言っているとおり、私たちは忙しいのだが」元村長は言い、

「ですから私、こう見えても、過去には人殺し以外、いろいろやって来たんですよ。主に詐欺ですけど」

「その貧乏くさい面で詐欺か」郵便局長が言い、

「しけた世の中だよ、うん」元助役が言い、

「だから、何をやってもダメな人生だと言ったんですよ。それに、もう何もかもいやになったというか――」

「なるほど。それでも生きてきたということは、破滅するために生きるというマゾヒズムだな。それならそれで、遺書もそういう感じにしてあげよう」元村長も言い、

「だから私、死ぬつもりはないんです、って。たしかに、生きる希望もないですけど、死ぬよ

うな勇気もない。なんとなく生きているという感じですかね――」

　キクエ小母さんの一喝が入ったのは、そのときだった。

「だったら、なんとなく生きていたらいいだろ。こっちの知ったことじゃないよ、まったく！　さっきから何度も言っているとおり、あたしたちは忙しいんだよ。この柿の山をご覧。まだこんなに残っている！　あたしたち、この柿を全部片づけて、皮をダチョウどもの餌にして、夜はお祭りの準備委員会だ。屋台はどうするの？　出し物はどうするの？　ああ、役立たずのダチョウどもに、役立たずの爺さんばっかり！　一杯やりたい気分だよ、もう――」

　それはもう、私たちだって。

　元村長以下、男三人がそろってため息を噴き出させると、「そら、手がお留守だよ！」キクエ小母さんの声が飛び、包丁を動かす四人の手にはさらにスピードがついた。そして、皮をむかれた柿が一つ、また一つ金盥に転がってゆく傍らでは、捨ておかれた男がいよいよ放心の体《てい》で坐り続けていたものだった。

「私、よく分からないんですが――。ダチョウを飼って、何か役に立つんですか――」

「立たないよ」

「役に立たないものを飼う理由は何ですか」

「退屈だから」

「まあ、好きで飼っておられるんなら、そちらの勝手ですけど、なんか羨ましいですよ。ダチョウでも何でも、皆さんを必要としている存在があるというのは――」

「ほれ、何やらつまらないことを言い出したよ」「いまから死のうって男が」「これで指名手配だってさ」

四人組がそうして言下に吐き捨てた傍ら、どっと肩を落としながら、男がぽつりと言ったのはこうだった。

「たぶん、世の中に必要とされていないというのが、私の一番の問題なんでしょう。生きる意味というか――」

生きる意味！

元村長たちは今度は皮むきの手を止めて三秒顔を見合わせ、次いでその四つの口が堰を切ったように回りだすと、指名手配犯はまたしてもかやの外になった。

「おい、聞いたか――。私たちはいま、現に生きている。すると、こうしてちまちまと柿の皮をむいているのは、生きる意味なのか？　朝出してきた糞も生きる意味なのか？　となると、もし柿の皮がこんなに固くなかったら、そしてこんなに渋がなかったら、私たちは生きる意味を失っていたということか？」元村長が言えば、

「人間が生きるのに意味が要るのなら、地球は意味でいっぱいになっているということかい？どうりで肩が凝るはずだよ」キクエ小母さんが言い、

「その前に、生きるのに意味がいるというのは、誰が言ったんだ？　アフリカで誕生したとか

いう最初のホモサピエンスか？　それとも遺伝子か？　ただ繁殖するだけでは牛や豚と一緒だから、人間には意味の回路が生まれたわけか？　しかし、そんなものは私らには無いぞ――」

郵便局長が言い、

「確かに無い」元助役が言い、

「繁殖に意味が要るって？　だったら、繁殖能力を失ったジジババは、真に自由ってことかい？　そういうことなら、今夜の襦袢は豹柄だよ！」キクエ小母さんが鼻を膨らませ、

「自由か。そいつはいい！」

男三人も口を揃えると、キクエ小母さんの一声がそれに続いた。

「そら、焼酎と湯呑み！　自由のお祝いだよ！」

すると、あいよ！　郵便局長が包丁と柿の山を置いて腰を上げ、郵便局の戸棚から一升瓶と湯呑みをもちだしてきて、どんとテーブルに置く。元村長がその四つの湯呑みに焼酎を注ぎ、元助役がストーブの上でしゅんしゅん湯気を立てていた薬罐の湯を注ぎ、「では、繁殖もしないし、生きる意味ももたない私らの自由に乾杯！」

指名手配の男が呆気に取られて眺めるなか、湯呑みはぐいぐいと空けられ、誰からともなく「美味い！　もう一杯！」の掛け声がかかる。

「生きる意味って、なんだか分からなくなりましたよ――」

男が消え入りそうな笑みを浮かべて言う、その傍らでは四人組が二杯目の焼酎を傾けながら

曰く、

「まだ若い人は、黙ってそのへんの女でも孕《はら》ませて、せっせと繁殖したまえ。私たちは呑ませてもらう」

「柿の皮むきはいいんですか――」

「なに、一日は腐るほど長いのだ。今日も明日も明後日も、私たちは意味もなく生きる。意味もなく柿の皮をむき、そして意味もなく呑む。それで何か困ることがあるか？　無い。なに一つ無い。皮むきが面倒なら、樽に放り込んで焼酎漬けにするだけだ。よし、もう一杯いこうか！」

「あのダチョウはどうするんですか――」

「ダッチョウは病院へ。ロハッチョウは私たち」

「ダチョウ、です。ダチョウ」

「ああ、あの役立たずなら、一羽持って帰りたまえ。遠慮はいらない。煮て食うなり、焼いて食うなり好きにしたまえ。そうしたら、あんたも精力絶倫――もとい生きる意味がもりもり湧いてくるのは請け合おう」

「ほら、また聞こえてくるんですけど――」

男が言うとおり、今度はさっきとは反対方向から近づいてくるドドドド、ドドドド。元村長たちがほろ酔いの顔を旧バス道のほうへ振り向けると、二十羽の巨体が土煙のかたまりになって飛ぶように駆けてくる。高々と掲げたその首の先の嘴には、どこかの洗濯物のパンツや股引きや靴下がはためいており、「おお、黒い下着か。キクヱさん、負けたね！」元村長たちがのたまう傍らでは、当のキクヱ小母さんがほんのり頬を染めて「あれはトミさんのパンツだよ、三段腹でも、自分にはまだ誘う亭主がいるってさ。ああ、むしゃくしゃする。そら、もう一杯いくよ！」

そして、二十羽の群れがドドドド、ドドドド、たちまち郵便局兼集会所の前を駆け抜けてゆくと、二十メートルほど遅れて、村の男が「待てぇ！　かみさんのパンツ返せぇ！」と叫びながら単車でそれを追いかけてゆき、元村長たちは窓を開けて手を振り、ヒュウヒュウ口笛を送って、「ガンバレ！　行け！　コーナーで勝負だ！」

ダチョウたちが走る。単車が走る。四人組の声援が走る。そうして見る間に土煙と地響きが遠ざかっていった後、窓を閉めてストーブの周りに戻った四人組の赤い顔が、ふいに指名手配犯の男に見入った、そのときだ。ほろ酔いの頭に閃きが走り、顔を見合わせるやいなや、四つの口が揃って曰く、

「ダチョウ・レース！」

これで村祭りの目玉が出来た。ダチョウどもの行く末も決まった。おまけにレースとくれば、トトカルチョ。

次の瞬間、四人は呑み干した湯呑みを一斉に伏せると、鈍い顔で眼をぱちぱちさせている男

に向き直ったものだった。

「あんた、元騎手だってな。よし、ダチョウに乗りたまえ」

「私、指名手配なんですけど——」

「なに、専門が詐欺なら、トトカルチョにぴったりだ」

「そんなムチャクチャな——。だいいち、ダチョウなんか乗れるんですか——」

「ラクダに乗れて、ダチョウに乗れないはずがない。いまの彼らの走りを見ただろう。スピードのわりには背中が安定しているし、高さもほぼ馬と変わらない。あれで手綱をつければ、立派な競走ダチョウだ」

「あぶみは——」

「そんなものは要らない。いまも見たとおり、うしろから単車で追いかければ、彼らはとにかく本能で走る。くつわも無用。草レースなんだから、手綱は首元に巻き付けよう」

「私のほかには誰が乗るんですか——」

男がそう言ったところで、四人はまた少し顔を見合わせたが、それもたちまち解決した。候補は一人しかいない。

「集配にくる郵便局員がいる。溝のすり減った、つるっつるのタイヤの単車でこの山道を登ってくるバカだから、命知らずは請け合おう」元村長は言い、

「さあ、そうと決まったら準備だ。本番は三日後だから時間がない。コースはこの旧バス道。

起伏とカーブ、どちらもきついダート三千メートル。タイムよりも、ともかく走り抜いたほうが勝ちだ」郵便局長が言い、

「本賞はダチョウ一羽。副賞に無農薬の地元名産つるし柿。さあ、忙しくなってきたよ！」キクエ小母さんが言い、

「手綱はこれでいいかね？」元助役がつるし柿に使う荒縄を足下から拾い上げたところで、騎手の男のほうはそろりと腰をあげており、すかさず四人組の眼につかまって、またがっくりと椅子に腰を落とした。

「あの、私、ちょっと用事が――」

「トイレなら裏口を出て右」元村長が言い、

「逃げようなんて思わないことだ。ここは入ったら出られない村なんだからね」キクエ小母さんが念を押し、その傍では郵便局長が早くも防災無線の電源を入れていた。そして、マイクに向かって「ええ――ただいまマイクのテスト中――」と喉を鳴らし始めると、電気で増幅されたその声が、窓ガラスをビリビリ震わせて秋空に伝わってゆき、山の谺が「マイクのテスト中――マイクのテスト中――」

「あの、私、やっぱり無理だと思うんですが――」男は弱々しい声を上げてみたが、四人組の耳に届くはずもなかった。元村長はどこかに電話をかけ始めており、受話器に向かって「おい、名案だろう？　そうとも。引退はしていても、本ものの元騎手さ！　Ｇ１にはちょいと手が届

かなかったらしいが、騎手は騎手だ。腐っても鯛！」

はたまたキクエ小母さんも、柿渋で真っ黒にした手に握りしめたピンク色の携帯電話に、「ご亭主、帰ってきた？　でもあたし、あんたの黒いパンツ、見ちゃったよ、フッフッ。それで、あのダチョウだけどね、あれで一儲けしないかい？　いい話があるんだよ、フッフッ。そう、いい話！」

かと思えば、元助役はわき目もふらずに荒縄をキュッキュと縒《よ》って手綱をつくっており、そうこうするうちに郵便局長の無線の声が、山という山に響きわたってゆくのだ。

「村のジジババの皆さーん！　こちらは集会所です。本日は村祭りのお知らせです。本年の出し物は、なんとダチョウ・レースと決まりました！　騎乗は、プロの元騎手です！　予定を変更して準備作業をしますので、お手すきの皆さんは、畑のモヤシを持参してお集まりくださーい！」

「おい、ダチョウどもを呼ばないと！」

元村長の声が飛び、郵便局長のマイク放送は続く。

「ダチョウの諸君！　いますぐ集会所裏の囲いに戻りなさーい！　いまから騎手の方が諸君に試乗します！　出走者にはモヤシのおやつが付くよ！　急いで戻りなさーい！」

「あの、私――」

何か言いかけた男の声をかき消して、「あと少しで手綱が出来るよ！」元助役が言い、「そうそう、囲いは開いているのかい？」キクエ小母さんが忙しげに裏口へ立ってゆき、元村長はまた新たな電話をかけ始めて、「おい、放送を聞いたか？　こうなったら、スタート用のゲートが要ると思ってねえ！　で、そっちに間伐材は余っていたかな？」

ストーブのそばの机には、放り出された柿の山と包丁が四丁。焼酎の一升瓶と湯呑みが四つ。男は、入ってきたときより一層死にそうな顔色になり、椅子から半分腰を浮かせながら、やっともう一言発してみた。

「皆さん、柿の皮むきはいいんですか――」

「え？　何か言った？」

元村長が一寸振り向いたものの、またすぐに電話に戻ってしまい、いつの間にか山のほうから駆け戻ってくるダチョウたちの地響きが、ドドドド、ドドドド。そして、秋空に響きわたってゆく防災無線の声が曰く、

「ジジババの皆さーん！　ついにこの村にもレースがやって来ます！　レースは一レース、出走は二羽。コースはダート三千メートルです！　もうすぐ騎手の試乗が始まります！　当日のレース予想をしたい方は、お急ぎくださーい！」

窓の外の旧バス道では、どこからか一人、また一人、野良着と麦わら帽のジジババたちが現れ、それぞれ採ったばかりのモヤシを手に、郵便局兼集会所めがけて集まってくる。そこに二十羽のダチョウたちがダッダッダッダッ、ダッダッダッダッ。群れをなして長い首を振り、尾

羽根を振り、悠然と駆け戻ってきて人の輪と一つになると、たちまちジジババたちから黄色い声が飛び、モヤシの束が飛ぶ。よう、ピーちゃん。モモちゃん。ハルちゃん。聞いたよ、レースに出るんだって？　出世したなあ！　さあ、たんとお食べ。今日は特別だ。で、誰が走るんだ？　ゴン太、お前かい？　いや、走りならタマちゃんさ！　見ろ、いいケツだ。よし、私はタマちゃんに百円！　私はゴン太に百円！　おい、試乗を見てから決めようよ。そうそう、プロの騎手だってねえ！

そうして、二十人ばかりのジジババたちの眼が一斉に集会所のガラス窓のほうへ向き、元騎手の口からは「ひゃあ！」力ない叫び声が上がった。

その肩をどんと叩いて、元村長は曰く、

「ほら、必要とされる存在の気分はどうだ？　三日後の祭り本番には、あんたのために花火も上がるよ。里帰りの子どもたちも、さぞかし喜ぶだろう。この先の耕作放棄地がメイン会場になるが、その日は万国旗もひるがえる。太鼓も鳴る。笛も鳴る。その音が山に響けば、そこらじゅうのサルやイノシシ、シカ、タヌキも集まってくる。その前をダチョウ・レースが駆け抜けるのだ。主役はあんただ。山という山にファンファーレが響きわたる。レディーズ・アンド・ジェントルメン！　号砲が鳴る。ゲートが開く。さあ、想像してみたまえ。秋の空気は氷のように澄んでいる。枯れ草を敷いた土は人肌のように柔らかい。遠くを仰げば、どこまでも続く山の尾根と、血のような柿の赤。ダチョウたちの脚は、羽根のように軽い。盛りがついているから、疲れも知らない。駆けだしたが最後、天まで昇る勢いだろう。ああ実に羨ましいことだ。この山じゅうの眼という眼に見つめられて——。

ほら、集配の郵便局員もやって来た。ダチョウどもも、もうたっぷりモヤシを食った。時は満ちた。あとのことは心配するな。葬式ぐらいは出してやる。よし、行け！」

元助役と郵便局長の口笛が、ヒュウ、ヒュウ！

一升瓶を手にしたキクエ小母さんが、ぷふぃ！

四人組、大いに学習する

野鳥と川の生きものを除けば、わずかな年寄りと四つ足しか棲んでいないしけた寒村でも、需要さえあれば野を越え、山を越えというのが商売ではある——というのは建て前であって、いまから三年前、宅配便も来ない僻地《へきち》の村に光ファイバーを通した事業者の英断は、おっちょこちょいの営業担当がどこかほかの土地と取り違えたのでない限り、実に見上げたものだったと言うべきだろう。否、真相は不明ながら、ともかく光ファイバーの導入を機に、日がな一日眼くそ鼻くそを相手に惚けているほかなかった村の年寄りたちのなかに、たちまちネット生活に馴染む者が出てきたのは、実にご時世というものではあった。

もちろん一方では、ひまな人間が最先端のネット環境を手に入れたらどうなるかの見本のような事態になるのにも時間はかからず、それは自称村一番の教養人の元村長も、自称元プレイボーイの郵便局長も、自称村一番の常識人の元助役も、自称小股の切れ上がった熟女のキクエ小母さんも例外ではなかった。そう、元村長は村を紹介する自身のブログのアクセス数ランキングにはまり、郵便局長は有ングにはまり、元助役は白内障を悪化させながらのネットサーフィンにはまり、郵便局長は有料エロサイト、キクエ小母さんは韓流スターのファンサイトにはまるという、ひとまず絵に描いたような顛末が待っていたのである。もっとも、ブログのアクセス数といってもせいぜい四桁の話だったし、韓流スターやエロサイトにはまるといっても、街金のない村では所詮小遣い銭レベルの話に留まった結果、眼に見えて変わったことといえば、四人がそうして各々ネットにはまっていた半年間というもの、集会所が一寸《ちよつと》静かになったことぐらいだった。さすがのネット世界も、四人組の性根まで変えるには至らなかったということだ。

しかしその一方で、彼らがその手を突っ込んだブログやホームページは、彼らの手形を残したまま、世界のどこかでコピーされ、ツイートされ、フォローされてはまたツイートされて、あたかも自動書記のごとく半永久的に地球上を回り続ける。早い話、思いつきの書き込みが本人たちの与り知らないところで増殖してゆくのだが、その拡散もスピードももはや年寄りの想像力を超えており、彼ら自身、自分たちのでっち上げた話の広がりに何度自分で驚くことになったか知れなかった。そら、いまも郵便局兼集会所の前の旧バス道を、ネットの情報につられた他県ナンバーの車やハイカーの声が通り過ぎてゆき、四人組は各々臓腑をぶるっと震わせた。たとえ自分の子どもでも、トビがタカになってしまった日には、赤の他人より居心地の悪いのが世の習いというものだ。

ところで、窓を開ければ芳《かぐわ》しい肥溜めの臭う集会所の古ぼけたテーブルで、そもそも何が発信されたか。いまを遡ること三年前、村の暮らしを紹介するブログ『煩悩亭日乗』のアクセス数が二桁止まりで伸びないことに失望した元村長が、文人風の高級路線を変更して取り上げたのは、村のパワースポットの話だった。前の日にたまたまテレビでどこかのパワースポットが面白おかしく取り上げられていたのを観て、我が村のほうがはるかに凄いと思いついたのだが、元村長のパワースポットなるものの理解に一寸問題があったことは、初めに断っておかなければならない。

すなわち世間でいうそれは、地磁気の強い山や岩や温泉、もしくは霊験あらたかな宗教施設のことで、その場所の気が生きものの心身に何らかの影響を及ぼすと言っても、どちらかといえば鰯の頭も信心からという類の話に近い。ひるがえって元村長の脳裏には、その信心の一語が抜け落ちていた。そしてそういう頭で、たとえば大ヤマメが棲む不老不死の泉や、キャベツの主が降臨する山や、生きものという生きものが意味もなく光る森を思い浮かべたのだが、なにしろ神仏をも畏れぬ村のこと、パワースポットといえども霊験より御利益、ロマンより現物なのは道理というものではあった。そしてそうは言っても、ブログを見てやってくるよそ者が山で遭難しない程度の無難なものを手始めに、という元助役の助言もあり、『煩悩亭日乗』の一ページを飾ったパワースポットは、集落にほど近い山腹の風穴《ふうけつ》と相成ったのだ。

村では風穴など珍しくもないせいもあって未だ未測量のため、総延長不明、高低差不明、最大空間の大きさも不明ながら、いまは廃校になった旧村立小学校の二階建て校舎がすっぽり入るくらいの大きさがあり、その奥には誰も潜ったことのない地底湖もある。名付けて《日本列島のゼロ地点》。但し、この命名はただの思いつきなので深い意味はない。とまれ、あらためてその風穴の特徴を挙げるとこうなる。一つ、風穴内では地磁気が逆転しているため、磁石の針がぐるぐる回る。一つ、天然のラジウム鉱石の放つ放射線の治療効果を知っている獣たちが集まってくる。一つ、風穴の入り口から見る月——とくに夏至前後の満月が、空を覆い尽くすほどの巨大さになる。一般にはムーンイリュージョンとして知られているアレだ。そして一つ、その巨大な満月の光を浴びると、男女ともに精力絶倫になる（らしい）。せいぜいそんなところだが、それでも都会の人間には十分すぎるほど十分だったのだろう。風穴の入り口から見た、空いっぱいの満月の写真とともにブログにアップされた《日本列島のゼロ地点》は、一カ月で見事に六桁のアクセス数を稼いだのだった。

そして、村の風穴は静かなブームになった。強欲の上にも強欲な村ではあっても、さすがに度重なる過去の失敗に学習した結果、今回は入場無料。土産物や臨時駐車場などの商売にも手を出さず——清涼飲料水と缶ビールの自販機だけは置いたが、あくまで鄙《ひな》びた辺境を演出したのも功を奏した。否、風穴が話題になるにつれて地質学や民俗学や宗教学などの自称専門家たちが調査に訪れ、関連のブログやホームページに村の人間も知らない情報が次々に付け足されると、それがさらに衆目を集めて、人が人を呼び、ツイッターがツイッターを呼んでブームが来たというのが真相ではあったろう。

もっとも、だからといってかの元村長たちがただ指をくわえて事態を眺めているわけもなし。

初めのうちは爺三人のいつもの与太話と鼻で笑っていたキクエ小母さんも加わって、四人全員で郵便局兼集会所から外界の喧騒を横目で見やりつつ、あること、ないことを各々のブログに書き込んだりコメントしたりするうちに、いつしか発信元の分からない虚実ないまぜの情報がそこに紛れ込み、粉飾に粉飾が重なって、風穴の入り口で満月の光を浴びるとスターになれるという風穴伝説なるものが生まれたりもしたのだったが、それとて元をただせば、いまどきそんなベタなホラを吹く者が、彼ら以外にいるはずもなし。

否、ホラでもボラでも結果オーライなら良し。伝説のおかげでテレビはもちろん、売り出し中の演歌歌手やアイドル、落ち目のスポーツ選手などが次々に風穴を訪れ、そのつど元村長ら四人組はもちろん、村の年寄りも携帯電話片手に旧バス道に出て、都会に住む孫宛てに《写メ》をしまくったものだった。なかには、村を訪れたTNB48とかいう少女アイドルグループの写真を村人がブログにアップしたところ、いつ出た？　新人？　何を歌っている？　カワイイ！　とネット上で大騒ぎになり、そこでようやく村の外れの草地に棲む四つ足どものイタズラだと気づいた例もあったが、もちろん村の人間以外は知るよしもない。それどころか瓢箪から駒で、田んぼ48、もといTNB48の少女たちはいまや地方局でけっこう活躍しているのだが、テレビを観るたびに、ミニスカートで歌って踊る彼女たちの小さなお尻に、いつ尻尾が生えてくるかと、村の人間は冷や汗ものだ。

一方、幼稚園児の星、翼竜戦隊ハイレンジャーとやらは風穴でロケまでやったもので、戦隊ヒーローのリーダー格ハイレッドと、巨大化光線を浴びる前のミドリムシ怪人の因縁の対決のシーンが撮影されたのだったが、怪人役の役者がやはり売り出し中のアイドルで、風穴から望む月の気に何かピンと来るものがあったらしい。あまり月日をおかずに二度も風穴を訪れた末に、月光の御利益で自信がついたのか、自身のブログでドラマの新展開を提案してみせるほどだった。もっともその内容は、ミドリムシ怪人に誘拐されたハイレンジャーのヒロイン、ハイピンクがミドリムシに恋をして、嫉妬に狂った恋人のハイレッドが逆に悪に転じてゆく——という、子ども番組らしからぬダークなストーリー展開で、『エピソード・ゼロ』とかいう、どこかで聞いたようなタイトルまで付いていたが、どうやら残念なのは顔ではなく、頭の中身のほうだったらしい。案の定、しばらくして番組を降板したという話を聞いたのも束の間、ある日、剃髪に作務衣《さむえ》という恰好で意気揚々と村に現れたものだから、仰天したのは村人たちだった。

あれは忘れもしない、二年前の暮れの話になる。そのころ元村長らのネット熱はすでに冷めていたが、退屈しのぎに運営していたTNB48のファンサイトと、戦隊ヒーローのご当地バージョンが人気の『煩悩亭日乗』の更新だけは手分けして続けていて、その日はちょうど後期高齢者戦隊ジイサンジャーと青汁怪人ケーラーの死闘の章をアップしたところだった。そこに本ものの元怪人役のアイドル——城春樹とかいう名前からしてどさ回りっぽかったのは確かだ——が、青々した剃髪も眩しい坊主になって登場した日には、すわ、ミドリムシ怪人の新しい擬態かと思わず身構えたものだった。

「やあみなさん、お久しぶりっす！　いつもブログを楽しく拝見していますよ！　行け、後期高齢戦隊ジイサンジャー、ってね！　ぼくも暗黒星雲からきたミドリムシ怪人あらため、よい子の味方ボウサンジャー、なんちゃって。で、みなさんの今日の敵は？　青汁怪人？　軟膏怪人？　いやァ、前回のバアサンジャーの活躍は笑ったなあ！　だって軟膏とお灸の対決っすよ、見ているだけでイタインジャー。ぼくも負けずにナンマイダー。じゃなくて正確には、ぼくの寺の宗派は南無帰依仏以下省略のほうなんすけど、まあ細かいことは無し、ってことで。南無阿弥陀仏も南無妙法蓮華経も南無帰依仏も、御利益に差はないっすから。ハッハッハッ――」

　風穴の月光を浴びて舌まで回るようになったらしい男が、甲高い声を張り上げて喋る、喋る。さすがの四人組がひとまず返す言葉もなく黙っていると、元アイドルの坊主は調子に乗ってさらにこう続けたものだった。

「いやはや人生いろいろ、坊主もいろいろ。折角ですからご縁のあるこの村でお役に立ちたいと思ったが吉日、城春樹転じて、城春《じょうしゅん》なんて法名もいただいちゃったりして。あっち向いてホイ。ちょうどこの上のほうに無住の草庵もあることだし、実家のパパに頼んで、早速、宗務庁の開山許可も取ってもらっちゃいました。ぼくのパパ、宗派内ではけっこう力があるもんで。ちなみにぼくは三男だから実家の寺は継げないんすけど、学生時代に得度はしてますんでご心配なく。枕経から通夜・葬式・納骨まで、年中無休で一式賜りますよ、もちろん村のみなさんは格安料金で！」

　あまりのばかばかしさに耳を貸す気も失せたものの、村の人間として一言いっておかなければならないこともあったから、元村長はやっと重い口を開いて言った。

「折角来てもらって悪いのだが、ここは誰も死なない村なのだ。だから寺も無いし、坊主もいない。お分かりかな？」

「そうか、思い出した。ジイサンジャーのジイサンレッドは三百歳だったすよねえ！　誰も死なないのは、やっぱりキャベツエキスのせいっすか？　いいなァ、坊主だって、本音を言えば死人を拝むより、面白おかしく生きたいですもん」

「そうそう、もう一つ。この村には昔から坊主アレルギーがあるのだ。平たく言えば、ありがたい坊さんにありがたいお経を唱えてもらった日には、腹を下す者が続出するわけよ」

「あ、それなら大丈夫っす。この顔を見てくださいよ。ありがたいって顔ですか、これが。それより、ぼくは祈禱もやるんで、風穴にやってくる観光客向けに御祓い、除霊、各種祈願、なんでもOKっすよ。あんなところにやって来る人はみんな、いかにもスピリチュアルって空気だし。一回三千円なら、手相見並みの低料金でしょ。そうそう、ブログで祈禱のことを宣伝してくれたら、顧問料として一割、そちらにキックバックしますけど、どうっすか？」

　嗚呼、恐れていた金の話だ。意思とは裏腹に四人の耳がぴくりと反応し、身体が自動的に前傾姿勢になった。一割のキックバックは悪くない。月に客が十人もおれば、集会所のおやつ代が賄《まかな》えるし、仮に二十人おれば、ベビーカステラが長崎カステラに、蒸し羊羹が煉り羊羹に格上げだ。そうそう、観光客のせいで風穴を追い出された四つ足どもに、いくらかはおすそ分けもしてやれる。

とまれそういう次第で、四人は「まあ、お好きにどうぞ」と斜に構えて応じる一方、『煩悩亭日乗』に新たに《城春のスピリチュアル相談》なるコーナーを設けて、暇つぶしがてら嘘八百の宣伝文句をあれこれ並べてやったわけだった。しかも、無料の画像加工ソフトを使って修整した城春の顔写真に、エロサイトが忘れられない郵便局長発案の「イケメン坊主とい〜ことしましょ」「あ〜ん恋の予感」「いけないあたしを叱って」といったキャプションを付けたピンク・バージョンあり。「来れ、女をやめたくない女」「枯れない女の秘密」「色気より殺気で落とす恋の極意」といった恐怖のキクエ小母さんバージョンあり。さらには、村の怪奇現象を集めた元助役発案の、「見たら死ぬ（かもしれない）」呪いバージョンあり。どれが一番人気だったかはさておいて、週に一度のペースで城春が旧バス道へ降りてくるたびに、集会所の貯金箱には二千円、三千円と貯まってゆき、インチキ祈禱所はなかなか繁盛している様子だった。当時、週刊誌に取り上げられた祈禱師城春ときたら、山伏の装束に付け髭で、いかにもという風情だったものだ。

さて、それから半年ほど経った初夏の終わりごろのことだった。ある日、剃髪と作務衣姿に戻った城春が旧バス道へ降りてきて、集会所の前に陽炎《かげろう》のようにすう――っと立ったまま動かない。さては祟りにでも遭ったか、化けて出たか、と半信半疑の元村長が声をかけると、相手はいきなり合掌しながら、またすう——っと低頭して、「まあ、それに近いと申しますか、六趣四生に輪転すといえども、その因縁みな菩提の行願《ぎょうがん》となる、と申しまして」とくる。「それに、この世は一切皆苦、光陰は矢の如し。それで祈禱所は閉めまして、ここはやはり菩提心をおこしての発願利生と相成りまして、我昔所造諸悪業、一切我今皆懺悔の寿限無寿限無、五劫のすり切れ、海砂利水魚の水行末雲来末風来末——以下省略、というわけで仏道に励むことにしたわけでございます、はい」

「何があったか知らないが、いきなり言われても」

ひとまず元村長が応じると、「こっちにも都合というものがあるし」元助役がそれを受けて言い、さらに郵便局長が「私たちのおやつ代はどうなるんだ?」と言えば、「ベビーカステラに戻るだけさ」と、編み針をちくちく動かしながらキクエ小母さんが鼻を鳴らしたが、ほんとうは四人とも、あまりの珍事にそれ以上の言葉が続かなかったというのが真相だ。

「それであんた、何を、どうしたいのだ?」

「まあ、ゆくゆくは出家在家にかかわらず、仏に帰依した仲間を集めてともに修行をしたいものですが、ひとまず手近なところで、風穴で出会った有志の若者たちと一緒に坐禅道場を始めたところでして。つきましては、みなさんに是非新しいブログを開設していただきたいのです。老若男女、年齢不問。費用は無料ですが、糊口《ここう》のための御布施はお願いしようかと思っております。もちろん、そのなかから一割の顧問料はお支払いいたしますので。では、どうかよろしく」

そうして城春はまたすう――っと合掌低頭すると、こちらの返事も聞かずに踵を返して去ってゆき、四人はそれを見送ってしばし、パイポパイポ、パイポのしゅーりんがん、などと呟くのが精一杯だった。

それからおもむろに、いまのは何だ――と顔を見合わせたのだったが、顔つきばかりか話し方まで別人のようだったあれは、ほんとうにあの城春か。否、元はといえば、ミドリムシ怪人のかぶりものを付けて、楽しげに緑色のペンキを噴き出していたアイドル志望の男が、パパの力で開山させてもらって、インチキ祈禱師になったというのも相当に奇妙な話だったのだから、いまさらというべきだったか。否、そんなポッポコピーの輩が修行だの信心だのと本気で言い出したとなると、やはり太陽が西から昇るほどの、あり得ない反自然ではないか。いったい、いまのはほんとうに城春だったのか。それとも、またあのタヌキどものイタズラか。

そうして四人が額を突き合わせているとき、郵便配達員のタニシが午後の集配にやってきたので、最近祈禱師の城春に会ったかどうか、念のため尋ねてみると、「ああ、オン・センダラ・ハラバヤ・ソワカの兄ちゃん？　いや違った、ノウマク・サンマンダ・バザラダンカンのほうか。そうだ、なんたらかんたら、ソワタヤ・ウンタラタ―だったたな、たしか。そういえば最近宗旨変えして、ナムカラタンノートラヤーヤーになっているぜ、うん」などという返事で、さすが田んぼのタニシ、尋ねるほうがバカというものではあった。

かくして仕方なく、元村長らはひとまず自分たちで城春の草庵を偵察に行くことにしたわけだった。くだんの草庵は、正式名称を甘藍山月光寺《かんらんざんげっこうじ》といい、歴史を遡れば約四百年前の戦国時代、織田信長の甲州征伐で壊滅した甲斐の国衆の残党とされる人物が、身を隠すために開いたとされる。また、江戸中期の徳川吉宗の時代には旧街道の笹子峠越えの雲水たちが足を休める宿坊になっていたこともあったというが、村人たちの記憶では、天保の飢饉のころに盗難に遭って以来、仏像もなければ掛け軸もない、空っぽの廃寺になっていたはずだった。否、城春が山伏の恰好で人を集めだして以降、町のリフォーム業者が入って、風呂トイレと台所は整えたと聞いていたが、御本尊が入ったという話は聞かないし、仮に御本尊が入ったのなら、開眼法要で地元に紅白饅頭の振る舞いぐらいはあるだろう。それがないということは、やはり御本尊がないままに違いなかったし、御本尊のない寺など、まさに餡のない饅頭ではないか。

はて、城春はいったいどんな面をして修行だの仏法だのとほざいているのだろう――はやる気持ちを抑えて草むす斜面を登ること半時間、草葺がトタン葺に代わった屋根が見え、開けっ放しの本堂が見えてきたところで、四人は一寸息を呑んだ。七人ほどの若者が何もない板間に横一列に並んで坐禅を組み、その前を袈裟《けさ》をかけた城春が警策を手に、音もなくそろりそろりと歩いているではないか。御本尊は見当たらなかったものの、香炉には長寸の線香が立っていて、白檀のいい匂いまでする。蟬の声と山の葉ずれの音以外には聞こえるものもなく、仏の神通力か、いつもならそのへんに響きわたっているはずの四つ足の声もない。否、よくよく見れば、坐禅を組む若者たちの背後に各々うっすらと鎮座している影は、ツキノワグマ、シカ、イノシシ、キツネ、サル、タヌキ、リスの揃い踏みで、なるほど、城春が風穴から連れてきた仲間というのはこれだったかと一つ納得はしたが、ともかく四つ足であれ何であれ、当地では、仏とやらの修行自体が山にクジラという程度にあり得ない風景だったことに変わりはなかった。

そして、四人が息を呑んでいると、その気配はたちまち向こうに察知され、一番端にいたリスが音もなく立ち上がってこちらへやってくると、つぶらな瞳をきらきらさせて、こんにちは！　参禅ですか？　どうぞどうぞ、こちらへどうぞ！　瞑想コース、癒しコース、昇天コース、誰でもイッちゃえる豪華三点セットは本日限りの特別ご奉仕、早い者勝ちときたもんだ、さあ寄ってらっしゃい、見てらっしゃい！

嗚呼、仏もついに浄水器や羽根布団の押し売りと肩を並べたか。否、バナナの叩き売りと見紛うその笑みと口上に、元村長らは「なに、通りかかっただけだから」と早々に踵を返したが、あと三秒遅かったら、眼の前のピーカンの笑顔に四人とも脳味噌が溶かされていたところだった。理性ある人間にとって、金よりも安逸よりも何よりも、迷いのない信心と疑いのない善意ほど為すすべのない脅威はない。そう、ナメクジに塩ならぬ、理性に宗教。危ないところだったと囁《ささや》き合いながら、四人はひとまず急いで山を下りたわけだった。

それから数日のうちに、夏の夜に蚊とり線香をくゆらせ、天高く駆けるペルセウス座流星群を仰いで深いため息をつきながら、四人はそれぞれ同じ結論に至ったものだった。すなわち、城春の突然変異の犯人はおそらく、あの夏至の月であること。城春は、かつてミドリムシ怪人から自信過剰の詐欺師へ転身したときと同じように、この六月の夏至の前後に、あの風穴で満月の光を浴びて、今度は信心に目覚めてしまったに違いないこと。そしてそうだとすると、村としては当面どうしようもないこと。村の平和のためには、来年の夏至のころにもう一度城春に月光を浴びさせて、三たび変化が起こるのを期待するほかないこと。否、状況次第では一年も待てないかもしれない。いざとなれば来年の夏至まで待たずに、月々の十五夜や、流星群に願をかけてでも、城春の暴走を止めるべきではないだろうか？

実際、城春が信心に目覚めてからというもの、村に降りかかった災難は元村長らの想像をはるかに超えていたのだった。日が高くなると、草庵から四つ足七人衆が降りてきて村の一軒一軒を訪ねて回り、おいらたちと一緒に坐りませんか？　修行しませんか？　とくる。うちはいいからと断っても、一時間後にはまた戸を叩いて、一緒に坐りませんか？　修行しませんか？　しかも、城春のもとに集まった四つ足どもは無意味に明るく礼儀正しく、おまけに献身的ときていて、すすんで旧バス道の草刈りをし、年寄りの畑の草抜きを手伝い、村の人間はもう誰も採らない天然の自然薯や桑を採って村人に配り、トチや胡桃《くるみ》の実で餅もつく。そうして各戸を回り、戸を叩いてはまた、おいらたちと坐りませんか？　こころと財布を空にしませんか？　楽になりませんか？　輪廻を脱しませんか、エトセトラ。

村の人間がとくに気弱だったというのではないが、アイスクリームに譬《たと》えるなら、善意&信心のチョイスは、チョコレート&ミント、あるいはチョコレート&ストロベリーと同じく、1足す1が3にも4にもなる最強の組み合わせで、ナメクジにかける塩がただダブルになるのとはわけが違う。その上、もともとありがたい上にもありがたい仏弟子たちの申し出となれば、押し売りを追い返すようなわけにはゆかず、ついには断りきれずに坐禅会を覗きに行く者もちらほら出てきたのは、心底予想外だった。もっとも、たいがいの者が持病の腰痛や関節痛のせいで坐るどころではなかったし、ただでさえ昼寝三昧、放蕩三昧の生活だった年寄りが、いきなり三十分も四十分も半眼でじっとしていられるわけもなし。行ってはみたものの、全員があっという間に逃げ帰ってきて、そのつど郵便局兼集会所では、一回で敗退か、二回で敗退か、あるいは三回もつかで賭けをしていた四人組の間で、百円玉が行き交うことになったわけだった。

ところが、そうしてひとまず斜に構えていられたのもお盆前までで、やがて村の年寄りたちのなかに、修行をする代わりに仏像を寄進して御利益に与ろうという輩が現れてきたものだから、穏やかではなくなった。事実、こういう成り行きになってみれば、草庵の四つ足七人衆は結局、ただで草刈りや農作業の奉仕をしていたわけではなく、もともと御利益に弱い村人たちに、自らは修行をしないことの後ろめたさをしっかり刷り込んでいったということになる。しかも、無料無料と言いながら、寄進を受けてしまえばもはや無料とはいえない。もちろん、村の人間の寄進など、ネット販売のセール品の仏像がせいぜいではあったのだが、寄進は寄進。仏像は仏像。草庵に仏像が入ってしまえば、ますます四つ足どもが居ついてしまうし、何よりこれ以上抹香臭くなると、もはや村が村でなくなってしまう。そう、それだけは断じて阻止しなければならないと、四人組は決意したのだった。久々に村の平和のために闘うときが来たのだ。

いざとなれば、彼らの結束は松の内明けの鏡餅ほど固い。私利私欲を忘れ、白内障も尿洩れも忘れ、それぞれ役割分担をして、このままでは信心に目覚めかねない村人たちと、風穴で城春とともに月光を浴びたらしい四つ足どもと、そして城春当人の三者それぞれの再洗脳のために、知恵を絞っての東西奔走となった。たとえば村人の耳目を草庵から逸らすために、キクエ小母さんと郵便局長が中心になって、婆さんたちには韓流スターとの写真撮影会やファン交流会などのお得情報を、爺さんたちにはAV女優の壁紙や18禁エロサイトを、朝な夕なに添付ファイルで送り続けたが、それだけではない。いい加減刷り込みが効いてきたころを見計らって、実際にマイクロバスを仕立てて、東京は新大久保コリアンタウンのイケメン探索ツアーに秋葉原のメイド喫茶巡り、希望者にはデリヘルのサービスも有りという獅子奮迅ぶりだった。

また、元助役は旧村と合併した市の職員をどうやって抱き込んだものか、城春をはじめ草庵の四つ足どもが当地に生活実態があることを理由に、彼らに住民票を取得させ、ついでに市が彼らから国民健康保険料を徴収するという手の込んだ意地悪を仕掛けた。善意&信心の仏弟子のみなさんからお金を搾り取るのは実に心苦しいのですが——と丁重に断りを入れながら、過疎と高齢化のせいで近隣自治体と比べても恐ろしく高額になっている保険料を、だ。

そして元村長はと言えば、あらためて月齢十五日から十七日の月とその出没時刻、方角を詳細に調べた上で、風穴の入り口から地平線上に昇ってくる月が見える日時を表にし、それをもって草庵の城春たちに風穴の月のうつくしさ——もとより月の威力を吹き込みに行ったものだった。曰く、せっかく当地で修行するのであれば、旧村の住民一同、是非とも最高の環境で最高の成果を得ていただきたいと願っておるところでして、ならば風穴を使わない手はない。ほんとうは国定公園だけれども、ほかならぬ仏道のためだ、ここは眼をつむりましょう。ぜひぜひ風穴で満月の光を浴びて坐ってください、修行の成就を一同祈願しておりますから！

というわけで、もちろん仏道など知ったことではないが、もともと風穴の月に惹かれて当地に迷い込んだ連中のこと、いくら信心に目覚めようと、スピリチュアルな力に弱い本質は変わらないだろうと踏んだわけだった。もっとも、満月といえども、月が地平線に近くなる夏至のそれではなかったし、正直なところ威力は不明ではあった。また、万一効いたとしても、信心の針がゼロに戻るか、逆にさらに強化されるかはまったくの賭けだったのだが、座視して仏の教えに屈するよりマシという四人組の意志が揺らぐことはなかった。

かくして眼に見えぬ魂と魂、意思と意思の闘いは九月、十月、十一月と続いてゆき、城春たちは風穴で坐ることが増えたのか、旧バス道まで滅多に住民の勧誘に降りてこなくなった。おかげで集落はいつの間にかもとの静けさを取り戻し、各戸のジジババのノートパソコンのなかで韓流アイドルとアダルトゲームの美少女たちが躍るのみとなったが、そのささやかな平和が破られるときは、時をおかずしてやってきたものだった。

初雪の気配とともに空気がしんと凍りついた十二月初め、夜更けに山の四つ足がホ――ッ、ホ――ッと高く啼《な》くのを聞きながら、村人たちは何やら背筋がざわざわする気配とともに各々の寝床で息を殺した。そして、そのうち何人かは布団から這い出して窓の外を窺い、旧バス道を笠地蔵が――否、脚を蓮華坐《れんげざ》に組んだ城春が、そのままの姿勢でドッスン、ドッスン飛び跳ねながら降りてくる光景を見、すわ、ネットの見すぎで眼がおかしくなったとあわてて、そそくさと寝床に引っ込んだのだが、元村長らはもう少し切実だった。なぜなら彼らには、城春に何が起こったのか、一目瞭然だったからだ。そう、風穴の月の威力で、要は信心の針がゼロに戻る代わりに、信心を増強するほうへ振れたということであり、一面ではそれだけのことではあったのだが、はて、この事態を是とすべきか、非とすべきか。非ならば、新たな対処が必要になるが、ついに空中浮遊もどきまで一気にぶっ飛んでしまった御仁を、いったいどうしたものだろうか！

事は急を要した。四人は夜明けとともに郵便局兼集会所に集まり、額を突き合わせた。――おい、見たか。見た。凄いな。ああ凄い。この世のものとは思えん――。ストーブの蒸気で白くなった窓をこすり、眼を凝らすと、その先では青い作務衣の城春が、初雪にけむる集落の田んぼの畦道をドッスン、ドッスン。もうずいぶん昔、世間を騒がせた新興宗教団体の教祖が、空中浮遊と称してドッスン、ドッスン飛び跳ねてみせていたアレより、もっと高く飛んでおり、しかもまったく止まる気配がない。いったい蓮華坐の尻がロケットエンジンになっていて、噴射ガスで推力を得ているのか、それとも強力なバネでも仕組んであるのかと四人は眼を凝らし、いやいや、こんなことをしている場合ではないと我に返って、ともかくこいつをどこかへ捨てにいかなければと、大急ぎで話し合った。村のジジババの誰かがツイッターで「空中浮遊なう」などと呟いてしまったら、それこそ収拾がつかなくなる。

そうと決まれば、四人組の行動は早かった。まずは郵便局長の軽自動車で草庵までひとっ走りし、早朝の坐禅を組んでいた四つ足どもに「おーい、あんた方の城春が飛び跳ねているぞ」と声をかけた。すると、「ああ見ていただけましたか！　ありがたや、ありがたや。おいらたちも負けずに跳べるようになりますので、もう少し待っておくんなさい！」いつの間にか、もとの四つ足の姿に戻ったクマ、シカ、イノシシ、サル、キツネ、タヌキ、リスの七人衆から、鈴振るような声で返事がある。それがあまりに感極まったという様子だったので、四人は「あんた方、毛が生えているよ」と注意を促すのは後回しにして、代わりに「一寸、城春を借りるよ」と告げた。そしてそのまま取って返すと、今度は元村長と郵便局長が村人のワンボックスカーを借りにゆき、元助役は布団、キクエ小母さんは浴衣の腰紐を取りに帰って、一時間後には集会所に再集合したのだった。

それから四人は、うっすらと雪をかぶったキャベツ畑にてまずは当の城春をつかまえた。あんた、ついに跳べるようになったんだねえ、偉いもんだ、うん。でも、こんなところで跳んでいても、見ているのはタヌキだけだしな。せっかくだからみんなに見てもらいたいだろう？そうだ、このありがたい奇跡を大勢の人に見てもらいに行こう！　などと適当に声をかけながら、跳ねる城春を布団でくるみ、腰紐で縛ってワンボックスカーに乗せた。せっかく世間さまにお披露目するのだから、伸び放題だった髭も剃り、頭もつるつるにしてやった。その間、城春はと言えば蟹が泡をふくようにして般若心経を唱え続けるばかりで、周りがまったく見えていない様子だったが、ひとまず精力だけは有り余っていそうなうちに事を終えなければならなかった。

かくして郵便局長の運転するワンボックスカーは飛ぶように山を下り、谷を越え、また山を越えて長野県は定額山善光寺《じょうがくざん》までやってくると、朝まだ早い境内のだだっ広い石畳に城春をひとり置いて、一目散に退却したわけだった。人が大勢集まるという意味では鎌倉の大仏でもよかったのだが、そうしなかったのは、善光寺のほうがいくらか近かったことと、跳ねた拍子に大仏に激突してケガでもしたら責任問題になると、元助役が言ったことに由《よ》る。

さてしかし、この話にはさらに後日談がある。城春を善光寺に捨ててきた後、しばらく《跳ねる修行者》はメディアやネットの話題をさらったが、当人は三カ月ほどで行方不明になってしまい、一寸心配していたところ、この春先に村に戻ってきて、またぞろ青い顔をしてす——

っと郵便局兼集会所の入り口に立っていたのだ。そうして曰く、「やっぱりあの風穴でないと、神通力が湧いてこないみたいで、うまく跳べなくなってしまったのですが、跳べない私なんか、羽のない蟻みたいなものです。そういうわけで、また風穴のお世話になりますので、どうかよろしくご支援のほどを」

元村長らとしては、善光寺に当人を捨てにいった後ろめたさもあり、面と向かって困るとは言えなかったほか、少しばかり可哀相な気もしてきて、「お好きにどうぞ」と応じるほかなかったが、それから二カ月ほどしたこの六月のことだ。月齢十五日の満月と夏至が重なった夜、村に月が昇った。山の稜線から昇ってきたそれは、いつも見慣れている村人たちも一寸驚いたほどの巨大さで、地を覆う山塊も、その懐のわずかな段々畑と集落も、一斉に蒼白い光に吸い込まれて溶けだしてゆきそうなうつくしさだった。そしてそうであれば、かの城春と四つ足七人衆はなおのこと、風穴でその光を満身に浴びながら坐っていたと思われる。そう、近年まれにみる巨大さだった月の、出力マックスの光を浴びながら、だ。

その翌日、その七人衆が戸板に城春を乗せて、エイホッエイホッと山を下ってくる姿が目撃された。見れば、戸板の上で結跏趺坐《けっかふざ》を組んだ城春は、半眼を虚空に向け、両手を法界定印《ほっかいじょういん》に組んで身じろぎもせず、こちらは思わず「生きてるの、死んでるの」と尋ねたほどだったが、城春はもちろん死んでいたのではない。驚く村人たちに向かって、毛の生えた七人衆はチーンと鉦《かね》を叩き、南無帰依仏云々と唱えながら、涼やかな声で告げて回ったものだった。人間のみなさん、ついにやりやした。菩薩の行願の力、観音の力、修行の力をとくと見てやっておくんなさい。ほら、城春がついに《目覚めた人》になりやした。これからはどうか、《目覚めた人》と呼んでやっておくんなさいまし――。チーン。

かくして郵便局兼集会所において、四人組が再度そそくさと額を突き合わせたのは言うまでもない。三日後には、彼らは《目覚めた人》を多くの人間に拝んでもらってこその布教だとかなんとか、嘘八百を並べて四つ足七人衆を丸め込み、再び城春をワンボックスカーに積んで、今度は念願の鎌倉の大仏の前に置いてきたという次第だった。もう跳ぶことはないので、大仏にぶつかってケガをする心配もない。信心の針がマックスまで振り切れたのであれば、もう元に戻ることもない。そうしてやっと心底ほっとひと息ついて、嗚呼、実に長い闘いだったと振り返り、大きく伸びをしたわけだ。

四人組、タニシと遊ぶ

毎年、松が明けて七草粥を食するころには、餅の食い過ぎでへたった胃袋もなまった身体もなんとか持ち直し、お年玉をせびりにくるだけのうるさい息子・娘夫婦と孫どももきれいさっぱり姿を消して、気分も新たに一年の計を練るのが四人組の新年と決まっているが、数年前、珍しく郵便局長の顔色が年末から少々冴えなかったことがある。そのときは元祖太陽族もいよいよ焼きが回ったかと元村長らも気をもみ、そういうことなら一肌脱がなければと話し合った末に、郵便局兼集会所の松飾りを下ろしがてら、早々に顔を揃えてストーブを囲んだのだったが、考えてもみてほしい。土台、野生の四つ足を食っても腹も下さなければ、町の病院で腰痛だのリュウマチだのといっぱしの診断名を付けてもらうやいなや、処方薬をネットに流して小遣い稼ぎをするような村の住民のことだ。本人も周囲も、半月ばかり顔色がすぐれないというだけで身体の不調を本気で案じたわけではなく、むしろ思い当たるふしがあるような、ないような、それぞれ喉まで出かかった一言が出てこない不全感を残したまま年を越したというのが真相ではあった。

かくして日も高々とのぼった遅い朝、各々そそくさと集まってくると、新年の挨拶もそこそこに、元村長と元助役とキクエ小母さんの眼はおもむろに郵便局長へと向かい、まずは「ほら――」「なるほど」「思ったとおりだ」という声が口から漏れることとなったわけだった。次いで当の郵便局長も、凝りのひどい首をさすりながら「やっぱりね――」と。

「まあしかし、カモがネギを背負ってきたようなものだな」「それにしても気分的に重いだろうよ、あれは」「しかも、なんだか湿っぽい――」ひとまず元村長らの口からそんな同情の声が出たあと、「ともかく、新年早々そんなものを背負っていると背中が水虫になるよ、さっさと落としてしまったらどうだい」と、気の短いキクエ小母さんの一言が飛んだものだが、郵便局長はさらに肩を落として「落とせるものなら、とっくの昔に落としているよ」とぶつぶつ言う。

「まあ、向こうにしても、必死で見つけた背中というわけだろう。で、あんたは自分が誰を背負っているのか知っているのかい」元村長が尋ねると、「知っているわけがない。こっちはてっきり新作ネトゲのやりすぎか、キャラメイクに凝りすぎて首が回らないんだと思っていたのに――」と郵便局長は言うのだが、元村長でなくとも首の一つもかしげたくなる話ではあった。「だって、顔を洗ったら鏡を見るだろう?」「いや、見ないね。私が見るのは若くてきれいな女の足だけ」「車に乗ったらルームミラーに映ると思うが――」「私の知る限り、ミラーなんか見るのは若葉マークの小母さんだけ」といったやり取りのあと、「それにしても心当たりぐらいはあるはずだが。カモにネギ。あんたには女性。子どもでも知っている話だ」元村長がさらに言うと、「女？」郵便局長は初めて小さく眼をむいたものだ。

するると、「しかも臨月だね、あのお腹は」元助役がぼそりと付け足し、「還暦を越えても現役の気分はどうよ」キクエ小母さんが編み針を動かしながらイヒヒと薄笑いすると、郵便局長はますます弱々しく肩を落として「心当たりなんてあるわけない」と呻《うめ》く。「臨月だと？　腹にもう一人入っているわけか？　そいつは重いはずだ。ああいや、年末から家内の眼がやけに冷たいのは気づいていたんだが、つまり家内には背中の女が見えていたってことか？　くそ、死にたいよ——。いや、念のために聞くが、美形かね？」

「まあ、雰囲気はあるというところだ。しかしともかく、私に言わせれば、プレイボーイが迂《う》闊《かつ》にもほどがある。その女性に取りつかれたのは、ひょっとしたら年末の全国郵便局長会の地区会の旅行じゃないかい？　ほら、お土産がしけた温泉饅頭だった、あれ。この冬の旅行は泣く子も黙る雄琴《おごと》の温泉だって、勇んで出かけて行ったから、一寸心配はしていたんだが」元村長はいかにも大層に腕組みをして天井を仰ぎ、「しかし、それにしても謎はある」と続けた。

「考えてもみたまえ、旅行の参加者は三十人ぐらいいただろうに、そのなかからわざわざあんたの背中を選ぶとは、いったいどういう了見なのか、だ。一寸した火遊びだったにしても、身二つの女性が先々のことを考えれば、もう少し違う選択肢があってしかるべきではないかね、諸君」

「いや、女の趣味は分からないよ」元助役が言い、続いてキクエ小母さんが一喝したものだった。「そういうことは本人に聞くのが一番だよ。さっきからメソメソ泣きっ放しだから、声は出せるようだし。ともかく正月から、うっとうしいったらありゃしない」

なるほど、それもそうだと元村長と元助役は膝を叩き、こうなったら煮るなり焼くなりしてくれと、郵便局長はくるりと横を向いた。するとその綿入れの背中には、いかにも温泉旅館が似合いそうなほつれ髪に古風な顔立ちの四十がらみの女が、桃色の襦袢姿でひっしとしがみついており、横に向けた顔の、伏目がちな眼で窺うようにこちらを見る。おかげで元村長と元助役は思わず生唾を呑み込み、キクエ小母さんはすかさずチッと舌打ちをしたものだが、とまれここは自分の出番とばかりに元村長が女に話しかけて曰く、「姐さん、つかぬことを尋ねるが——。その様子だと、いろいろあったとは思うんだが、あんた、探していたのはこの爺さんで間違いはないのかい？　及ばずながら私たちが力になるから、ほんとうのことを言ってごらん」

すると、女はか細く甘い猫なで声を出して曰く、「だってこの人が宴会でこの山の話をしていたのを聞いて、あたし、てっきりこの人だと思ったんだけど、喜んで取りついてみたら、加齢臭で違う人だと気づいて——。あたしって、ほんとうにバカな女。男に騙されてばっかりのこんな人生、もうたくさん——」

「聞いたかい、バカでも加齢臭には気づくんだってさ」キクエ小母さんが毒づく傍ら、「それより、この山の話って何のことだね」元村長が尋ねると、「村おこしで、お月さまみたいに大きな熱気球を飛ばしたって話。二十年ほど前、この村の男に誘われて町から見にきたのよ、あたし」女は答える。

「なんと懐かしい話だねえ」「若かったね、私たちも」「古傷が疼《うず》くよ」「まあ、正確には熱気球もどきの巨大ガス風船だったが、男と女をその気にさせる魔力はあったということか」「惜しいことをしたね」などなど、元村長らがひとしきり述懐する一方、はたと閃いたのは郵便局長だった。

「そうだ、要は二十年前にお前さんを誘った男を探せばいいってことだろう？　それで男の名前は？」勇んで尋ねてみたものの、「それが、どうしても思い出せないのよ」という頼りない返事だ。では年恰好は？　それも五十前後で軽トラックに乗っていたという以外、はっきりしないと女はいう。そんな中年男になびいておいて加齢臭とは、これだから女は分からない。そして、それにしてもほんとうにこの村の男だったのかといえば、それこそはっきりしないというのだったが、軽トラで町の女を誘うようなタコなら、たぶんそうだろう。というわけで、ひとまず片っ端から村の男に電話で確認してみることになった。

なにしろ、こういうときのための携帯電話だ。昨今は市場も飽和状態になっているのか、《後期高齢者割》だの《尿漏れ・腰痛割》だのお節介な割引サービスが目白押しで、あれこれ併用すると、小さな村ならほぼ誰にかけても無料になってしまう。そして何より、二十年前に五十前後だった村の助平といえば、該当者自体も限られるのだった。そう、まず横綱はキャベツ農家の金太。鼻の穴で蕎麦をすするのが唯一の取り柄だったくせに、山を売った金で賄賂をばらまきまくって合併した市の市長になったかと思えば、何かの間違いで今度は県議になり、さらに悪い冗談でいまや代議士になっているが、名前からしてタコだ。次に大関は、バイパス沿いにおっ建てた自分のラブホテルに未成年の娘を連れ込んで、逆に娘にカモられた大バカ者の虎三。小結は、村では誰も食わないショボい野菜のネット販売で、いまやカリスマ農家だというのが笑わせる短足ハゲの勝雄。平幕は、野糞の最中にダチョウに蹴られて尻を脱臼した末吉に、無免許運転の軽トラで肥溜めに突っ込んだむっつり助平の治兵衛。そうそう、ロリコン趣味がバレずに済んだのが奇跡の元小学校長の周吉と、郵便局員のタニシの親父のタガメこと、亀吉も外せない。

かくして元村長、元助役、キクエ小母さんの三人に郵便局長本人も加わって、それぞれ分担して携帯電話をかけ始めると、百舌《もず》の声のほかは聞こえてくる物音もない、雪深い寒村の郵便局兼集会所は、しばし盛りのついたニワトリ小屋になったものだった。たとえば、口だけいつもの元気を取り戻した郵便局長は曰く、「もしもし、虎三か？　明けましておめでとうなんて言っている場合か。驚くなよ、二十年前にお前が軽トラで熱気球見学に誘った小母さんがいま郵便局に来ていて、腹の子の父親を探しているんだってさ。おい、タコ。聞こえているか？お前、女子高生が趣味かと思っていたら、こんな年増にまで手を出しやがって、節操が無さ過ぎら。とにかくちょいと顔を見せに来な、分かったか？」

　元助役も負けてはいない。「もしもし、校長かね？　いやあ今年もよろしくと言いたいところだが、あんた、それどころじゃあないかもしれないよ。昔からＰＴＡ向けのカムフラージュに、わざわざ熟女好きをＰＲしていたのは知っているが、ほんとうに引っかけてどうするんだ、この助平教師。そう、いまこの集会所に本人が来ているんだがね。心当たりがないと言う前に、本人の顔を見に来たほうが身のためだよ。へたすると、このまま生霊になりそうだしな、うん」

　もちろんキクエ小母さんも水を得た魚だ。「もしもし、短足ガニ股――じゃなかった、短足ハゲかい？　お前さんの畑の水太りの大根が一本三百円だって！　冗談は顔だけにしてほしいよ、まったく。そうそうその顔で、二十年前の熱気球騒ぎのときには町の女を引っかけて、うまくやったんだってね。どうせ引っかけるのなら、もう少しマシなのを引っかけられなかったのかと思うけど、短足ハゲにはこれでも上出来だったのかねえ。そうだよ、いまここに本人がいるんだよ。お前さんに会いたい、一目会いたい、ってさ。まさに、女心の未練でしょう〜、って世界だよ。ああ、ジンマシンが出る」

　そして、元村長はこうだ。「もしもし、金太かい？　新年早々お屠蘇《とそ》気分に水をさすようで悪いんだが、お前さんもワルだねえ。ウッフッフ、聞いたよ。お互い大人なんだから遊ぶなとは言わないが、種を落としちゃあいけないなあ。何の話かって？　とぼけても無駄だよ、ここにいるんだからさ、本人が。なんと臨月だって。やるねえ、あんたも。ああ分かっているとも、誰にも言わないさ。ただし、次の選挙は考えさせてもらうかもなあ。ではご機嫌よう」パチンと携帯電話を閉じて、「人違いだ」と何食わぬ顔で言ったものだが、それはほかの三人も同様だった。村の男たちに直接確認してみても、これといった該当者がいないのだ。

やはり、熱気球の話はこの女性の記憶違いではないか。あのときは村外からもずいぶん集まったし、軽トラでナンパをするような田舎者の五十男は、べつにこの村の特産品というわけでもない。というわけで、元村長らはあらためて顔を見合わせ、再びがっくり肩を落とした郵便局長の背中では、襦袢姿の臨月の妊婦が「女心の未練でしょう〜」と歌いだす始末だったが、どうでもいい知恵だけは無限に湧きだす四人組のことでもある。

「なあ、姐さん。所詮、もう名前も顔も覚えていない相手なら、取りつくのは誰の背中でもいいということになるのではないかな？　いっそ新しいのを探してみたらどうかね。うんとイキのいいやつを」と元村長が言えば、「確かに、いまさら選り好みでもあるまいよ」キクエ小母さんも言い、「そういえば、町に新しいショッピングモールが出来ている」と元助役があとを継ぐ。「先日うちの孫を連れて行ったんだが、キッズコーナーとやらは手もち無沙汰の若いパパだらけだった。あそこなら、男はよりどりみどりだ、うん」と。

すると背中の女は、「若過ぎるのはやっぱり将来が不安でしょう？　それにできれば草食系より肉食系のほうが――」と言いだし、「肉食系の末路が加齢臭だよ」とキクエ小母さんが突っかかる一方、「だったら、ショッピングモールの隣のパチスロ店はどうだ？　『花の慶次』に『キン肉マン』、『北斗の拳』に『押忍！番長』とくれば、姐さん好みの肉食系だろう？」郵便局長が言えば、「パチスロにはまるような男も、この子の将来が不安で――」と女はぐずる。

ほかにも女が言うには、上流のダム工事の作業員たちは汗臭い。TNB〝田んぼ〟48の握手会は小便臭いし、駅前の雑居ビルに開業したホストクラブの兄ちゃんたちは、軽すぎて吹けば飛ぶようだし、北は北海道から南は九州まで、全国十七箇所の地方競馬場に集まる男たちも生活に不安がある。ならば、敵の敵は味方。ポマード臭と加齢臭のダブルの激辛ならぬ激臭で、臭さを臭さで制する手もありなら、県議会の親爺たちという選択肢もある、という提案には、「臭いのは、琵琶湖の鮒鮨《ふなずし》でもうおなかいっぱい！」ということで、いい加減四人組の忍耐も尽きかけた。

そして、「ああ、やだやだ。そんなに生活力のある逞しい男がお好みなら、あたしが知る限り峠の向こうの貫太なんか最高だよ。オスのなかのオスだし、若いし、稼ぎはあるし、生活はロハスだし。ツキノワグマだけど」キクエ小母さんが吐き捨てたところへ、「正月早々、ツキノワグマを食ったって？　ジジババが、いまさら精力つけてどうするんだ？」いつものことながら、いったいどういう耳をしているのか、薄ら笑いしながら入ってきたのが郵便配達員のタニシだった。

「そういえばさっき、うちの色ボケ親父にへんな電話かけたの、あんたらか？　おかげで親父のやつ、また何を思い出したんだか、女子高生のなま足が何たらかんたらって言って、ふらふら出かけちまったから、もし警察から呼び出しがあったら、あんたらが身元引き受けに行ってくれよな。こっちは朝から新年会で一杯やっちまったもんだから。あ——あ、酔った、酔った。水を一杯くれ」などと言って、タニシは派手にゲップを洩らし、四人組はあらためて顔を見合わせたものだった。なるほどサルの尻のような赤い顔をして、今年も溝のすり減ったツルツルのタイヤをはいた単車で、初集配ならぬ初滑りときたようだが、そんなことにはいまさら誰も驚きもしなかった。それよりも田んぼのタニシには、郵便局長の背中の女が見えていないのか——？　思わず四人で身を乗り出し、眼を凝らしてタニシの顔に見入ったときだ。

突然、当の女がひょいとタニシの背中に乗り移り、タニシがアッという顔をした。四人組も思わずアッと声が出、続いて「え————？」という驚きの声が上がった。こちらの眼がおかしいのか、女の眼がおかしいのか。あれだけ生活力だの、子どもの将来が心配だのと文句を垂れていた女だが、ほんとうはこういうのが趣味だったのか。ああ否、いくら郵便局長の背中が年寄り臭いからといって、よりにもよって田んぼのタニシを選ぶことはないだろうに——。

さすがの四人組が言葉を失ってしまったのをよそに、当のタニシはゲップ、ゲップと酒臭い息をまき散らしながら「あれ？」「あれ？」と連呼しては、首をかしげたり、肩をさすったりだったが、そこはタニシ。何が起こったのか訝《いぶか》るより先に、ストーブの前に坐るやいなや「ちょいと寝るわ」と頭を垂れて舟を漕ぎ始め、片や背中の女も一緒にゆらりゆらりと揺れながら、

「馬に乗っているみたい」などとうっとりした顔でつぶやくありさまだ。「ああ、思い出すわ。文金高島田に角隠しと白無垢の花嫁衣装でお馬さんに揺られて嫁入り道中をしたの、いつだったかしら――」

おいおい、一緒に寝るんじゃない。そいつは馬じゃない。その昔、放射能汚染でゴジラ並みに巨大化した田んぼのタニシの子孫だ。いや、正確には日本のタニシでさえない。外来種のスクミリンゴガイ、通称ジャンボタニシのほうだから、もっとたちが悪い。いや、たちが悪いどころか、すでにエイリアン化しているかもしれない。そら、眼を覚ませ。四人組は心底、親心で女に声をかけたものだ。

それにしても姐さん、一度は嫁入りをしたことがあるわけか。せっかくつかまえた亭主をどうして逃がしてしまったんだい？　いや、べつにいいけど。逃がした魚は大きいもんだよ、うん。いやまあ、出戻りが今度こそはと思ったものの、結局またタコを引っかけてしまうというのはよくある話さ、エトセトラ。ともかく、こいつの背中だけはやめておいたほうがいい。子どもの将来どころか、一時間後の命も分からないアホだぞ。あの単車を見ろ。この雪道を走るのにチェーンも付けていない。おかげで何回谷底へ転落しても死なない生命力だけはあるが、所詮タニシはタニシだ。頭には脳味噌の替わりに泥が詰まっておる、エトセトラ。そうそう、しかもあれと一緒になったら舅《しゅうと》になるのが親父のタガメだぞ。学校では最強の淡水生物と習ったかもしれないが、私らに言わせれば最強の助平老人だ。市町村合併で村役場が廃止されたら女子職員のスカートめくりができなくなって、こいつは早死にするぞと思っていたら、なんと女子高生のなま足にお触りする趣味に目覚めてすっかり生き返っちまって、いまやこの村の長寿ナンバー1だ。顔も恐いし、性格は悪いし、子どものことを考えたらお薦めはしないね、エトセトラ。

「くそ、嫁入りが何だって？　ツキノワグマが文金高島田で馬に嫁入りした？」タニシがどろんとした顔を上げて言い、「まあ、そんなところだ」元村長が応じたときには、タニシの頭はすでにあらぬ方向へ飛んでしまっていた。そうして曰く「確かに、馬のことは馬に聞くのが一番だよな。明日の京都競馬場のシンザン記念、芝千六百メートルだけど。軸馬オルフェーヴルで、枠連1―5に十万突っ込む俺ってバカだと思う？」ときた。「思う、思う」と四人組が応えると、「それでその馬、どこにいるんだ？」タニシは真顔で言い出したもので、元村長らはそれを押しとどめて「いまは馬より、背中の女をどうするかだ」と諭しにかからなければならなかった。

元村長は言う。「なあ、タニシ。お前さんとも長い付き合いだし、本来なら私ら四人組の仲間にして、五人組を名乗ってもいいぐらいだが、そうはならない理由が分かるか？　命知らずのツルッツルタイヤも、賭け事に弱すぎるのも、女性の趣味が悪いのもたいしたことではないが、いけないのはその鈍感さだ。お前さん、背中が重くはないかい？」

するとタニシが言う。「爺さんらこそ正月から頭でも打ったか？　黙って聞いていりゃあ、俺さまを仲間に入れるの入れないのって、おととい来やがれだ、まったく。俺の背中がどうしたって？」

「腹の大きい女を一人、おぶっているじゃないか」「歳のころは四十ちょい。大人の女だね」「桃色の襦袢が一寸そそるよ」キクエ小母さん、元助役、郵便局長が言い、元村長がさらに言った。「重くないというんなら、私らこそべつに構わないさ。まあ、臨月の女を背中にくっつけたまま、これからも生きていくんだね。ジャンボタニシがヒトコブラクダになっても、世界は平和だ」

かくしてタニシはぽかんと眼をむいて立ち尽くし、それから「ヒトコブラクダが臨月で、桃色が世界平和――？　難しいことを言うんじゃねえや」などとぶつぶつ言ったが、さもありなん。結局、タニシの頭では自分の身に起きている悲劇が理解できなかったわけだ。そうして、ずっしり重いはずの肩をさすりながら、そのまま腰を上げて出ていこうとした、そのときだった。背中の女が突然うんうん唸りだし、四人組はぎょっとして顔を見合わせた。まさに、まさかの坂。一寸先は暗闇坂ときたもんだ。生まれるゥ！　女が叫び、キクエ小母さんが早くも腕まくりしながら怒鳴り返す。まだまだ！　初産なら、これからが長いんだよ、覚悟しな！

「おいおい、生まれたら困るよ――」元村長ら爺三人があわてて制止したものの、「それは無理な相談というもんだ。万有引力がある限り、出てくるものは出てくるよ。それとも爺さんたち、この期に及んで水子をつくる気かい？」キクエ小母さんが言い、その傍らで女がまた、生まれるゥ！

　生まれる、と言えば子ども。子ども、と言えば子孫。そのとき元村長らの脳裏に稲妻のごとく甦ってきたのは、バブル景気のころの世にも口惜しい――もとい恐ろしい経験だった。一寸した欲をこいて手をだした食用のオオタニシの養殖事業がつまずいた後、谷川に捨てたタニシどもが冬を越して用水路に棲みついたが最後、彼らの宇宙的規模の大繁殖を止める手はなく、田んぼという田んぼが子タニシに埋めつくされたことがあったのだ。昼も夜も、かわいい子タニシがそこらじゅうでザワザワザワザワ、ザワザワザワザワ。タニシに目のない鯉どもがタニシを恐いと言い出す始末だったが、真に恐ろしかったのはそのあとだ。元村長らは村の予算を投じて大々的にタニシの捕獲作戦を決行し、一年かけて駆除にこぎつけたのだが、そのあとに待っていたのは、まさに朝も昼も夜も捕獲したタニシを味噌汁にして食い続けるという悪夢だった。そう、生まれる、と言えば用水路や田んぼにびっしり鈴なりだったタニシの子ども、子ども、子ども――！　世は少子化というが、タニシの子ども、カマキリの子ども、沢ガニの子ども。丸でも三角でも、子どもと聞くだけであの泥の味が口いっぱいに甦ってきて、脳味噌が爆発しそうになるのに、眼の前でまた、子どもが生まれるゥ――？

　おい、どうにかしなければ。おい、どうする？　どうしよう。爺三人が本気でおろおろする一方、「何を騒いでやがるんだ」とタニシが吐き捨て、「いきんで、いきんで」キクヱ小母さんの掛け声に合わせて女が、生まれるゥ！　生まれるゥ！

しかしそこで、かろうじて元村長が理性を取り戻した。よし、こうなったらみんなで引き剝がそう。生まれてくる子に罪はない。一年タニシを食い続けた、あの苦しみに耐えた不屈の精神を思い出すときだ！　それに、赤子だって布団の上で生まれたかろう。さあ引っ張ろう！

かくして元村長は、出ていこうとするタニシの襟首をむんずと摑んで引き戻すと、その背中にしがみついている女の足を抱えて力いっぱい引っ張り、さらに元助役が元村長の腰を抱え、元助役の腰を郵便局長が抱えて、ウントコドッコイショと引っ張り始めた。そら、キクエ小母さんも手伝え！　こいつは手強いぞ、ウントコドッコイショ！

ジジババ四人がタニシの背中に数珠つなぎになって、引っ張る、引っ張る。女が叫び、タニシがわめき、四人組の吐く息も荒く、ウントコドッコイショ！　その騒ぎはたちまち小さな郵便局兼集会所から洩れだして、雪深い旧バス道から山へ谷へと伝わってゆき、集落のひまなジジババたち、四つ足たちが何事かと集まってくるのに時間はかからなかった。そして何につけても人助けとお節介が生き甲斐の山の住人たちのこと、「引っ張ればいいのだろう？」ということで次々に数珠つなぎになり、何を引っ張っているのかも知らないまま、ともかくウントコドッコイショとやったわけだ。

それはもう見事なもので、数珠つなぎの列はもちろん郵便局兼集会所からはみだして旧バス道へ延びてゆき、深い雪に半分埋もれながらウントコドッコイショ、ウントコドッコイショと引っ張るなかには、冬眠しないタヌキやキツネ、イノシシにシカ、あまり力にならないリスや野ウサギ、ハタネズミまで加わっていたものだ。どこかで見た図だと気づいた者も気づかなかった者も、ひとしきりウントコドッコイショ、ウントコドッコイショ！　見返りを求めない善意の助け合いほど、うつくしいものはない。

　とはいえ、郵便局長の背中からタニシの背中に鞍替えした女は、産気づいた妊婦のバカ力か、数十人＋数十匹の力を合わせてもなかなか引き剝がされず、ウントコドッコイショの掛け声は山々に谺《こだま》して輪唱になり、雪の下の畑では冬キャベツや冬大根も、ドッスンドッスン躍りだしたものだった。そしておおかた一時間も引っ張り続けたころ、スッポ――ン！　と勢いよく剝がれたのはなんと、大きなカブならぬ、大小の水子地蔵で、どしん、ごろんと床に転がり落ちた地蔵さまを見て、まずは郵便局長が「あ！」と声を上げたものだった。そうして曰く「謎は解けた！」

　聞けば、年末に遊びに行った雄琴の旅館の前で送迎バスを降りたとき、靴の紐を締め直そうとしてひょいと片足を載せたのが大きなほうの地蔵さまの頭だったというのだが、郵便局長の非礼はそこでは終わらなかった。靴紐を締めたあとにはボストンバッグを同じ頭に載せ、さらにそのあとの数分、腰掛け代わりに尻を載せ、ついでに屁も一つひったという次第らしい。なるほど、地蔵さまも気の短いのや小うるさいのや、いろいろなタイプがいるにしても、それだけ非礼を重ねたのなら、取りつかれても仕方あるまい。

　かくして住民たちも四つ足たちも大いに納得したのだが、騒ぎはそれで終わったわけではな

かった。今度はようやく酔いが醒めたらしいタニシが「あ、思い出した――」。そうして曰く、

「俺、初夢を見たんだ――。富士山の上を鷹が飛んでいて、その鷹がナスビをくわえているんだ。で、その鷹の落とした糞が地蔵さまの頭にペタッとくっついてだな、地蔵さまが俺に言うんだ。頭の糞を拭き取って、ついでに町まで連れていっておくれって。それで、俺もひまだったから、地蔵さまをおぶって町まで連れていってやったんだが、これが重くてさあ――。俺のほうがくたばっちまって、悪いけどこのへんで勘弁してくんなって言って、地蔵さまを置いてきたのが、駅前のほら、新装開店したホストクラブの前ってわけだ。どうだ、御利益ありそうか？」

　煮ても焼いても、田んぼのタニシは田んぼのタニシ。大した初夢だったが、肝心の何かが足りない。四人組と村の衆は数秒顔を見合わせ、一斉にぽんと手を叩いたものだった。

「で、お前さん。ただで地蔵さまを背負って差し上げたわけじゃあるまい。町までお連れしたご褒美があったはずだが」元村長が代表して尋ねると、タニシは首をかしげて「小判がザクザク――じゃないな。レアなお宝カード――でもねえ。どうも思い出せねえけど、まあいいや、どうせ夢だし」などと言う。というわけで、所詮は自分の背中に何かが載っているのにも気づかないような脳味噌の話ではあったが、元村長ら四人組と村人たちは、タニシの初夢を参考にして、地蔵さまの親子の落ち着き先を決めたわけだった。

　まずは、はるばる琵琶湖の畔から旅をしてきた地蔵さまとその子どもに鏡餅の残りを甘いあ

べかわ餅にしてお供えし、あれこれたっぷり願を掛けた後、軽トラックで運んだ先はもちろん、年末に新装開店したばかりだった駅前のホストクラブだ。赤い前掛けの代わりに、開店祝いの花輪を首に掛けたそのお姿はなかなかイケていたし、何より出身が雄琴のネオン街なので、風俗店の賑わいは地蔵さまたちも懐かしかったに違いない。その後、店を覗きに行った村の婆さんたちによると、大小の地蔵さまはしっかり店の玄関の脇に鎮座していただけでなく、地蔵さまが来てから店が急に繁盛し始めたというから、不思議なこともあるものだ。

さて、地蔵さまの前に置かれた賽銭箱にはざくざく硬貨がたまるし、ネットで話題になって若い女性たちが群れをなし始めると、周辺にはスイーツやファッションのショップが出来たりもする。また、そうなると町内会や市の産業振興課がホストクラブを町おこしにと、とんでもないことを言い出すのも、何でもありのご時世といえばご時世で、《ザ・ジゾー》と名前を変えて、二十四時間託児所付きで営業を始めたホストクラブはさらに繁盛し、市がつくったホスト風のゆるキャラ《ジ!ゾー》のグッズが売れ、地元特産キャベツを使ったB級グルメ《地蔵焼きそば》は、なんとB-1グランプリにも出場した。そして、思いっきり田舎町という風情の駅前にそびえ立った高さ三十メートルの巨大看板には、赤・青・黄の電飾付きで『ホストクラブと水子地蔵の街へようこそ』!

こうなると、地蔵さまを手放した四人組としては少々口惜しい気がしないでもなかったが、実は繁盛していたのはホストクラブや周辺のショップだけではなかった。地蔵さまをホストクラブにくれてやってから一年ほど経ったころ、地元紙に市の出生率が急上昇したという記事が載った。まさに水子地蔵の御利益、もとい田舎娘やひまな主婦たちを相手に田舎ホストたちが奮起したということだ。見た目は三流でも、まさにサービスで勝負。そして女性たちの腹が大きくなると、結婚式場、産婦人科に託児所、さらにはファミリーレストランからショッピングモールまで、四方八方が活気づいて、市長や県会議員はもちろん、地元選出代議士の金太が大いに鼻の穴を膨らませたという話だ。ああ否、めでたい話の裏には必ず影があるものだが、そもそも郵便局長が雄琴から連れてきた地蔵さまの生んだのが父無し子だったことを考えれば、その後町でもっとも繁盛したのが未婚の母の子連れ合コンだったのは言うまでもない。

とまれ、タニシの初夢に出てきた地蔵さまのご褒美は、子宝がザクザクということだったようだが、ただでさえエイリアン級の繁殖力のあるタニシがさっさとご褒美を忘れてくれたおかげで、人類は今日も平和でいられるのだ。——と、元村長のブログには書いてある。

四人組、後塵を拝す

ほら、あの恰好――。ビンテージもののブルージーンズにデザートブーツ。ドルガバのレザーブルゾンの襟元には柄のスヌードで、上は目深に被ったニット帽ときた。でも、ああいう被りものの下は案外ハゲなんだ、かわいそうに。いや、口髭は自前だろう。グラサンはレイバンか？　いや、トム・フォードの最新モデルだ。――うん、決まりだね。あれはテレビ関係者だ。民放の、ちょっと落ち目の。

郵便局兼集会所のガラスを吐息で白く曇らせながら、元村長と元助役に郵便局長、キクエ小母さんの四人組が退屈しのぎに眼をやった旧バス道には、いかにも業界人という風情の男が三人、雪のなかにワンボックスカーを停めて降り立ったところで、まず一人がニット帽、二番目がレザーブルゾン、三番目がサングラスという風体だった。つまり、中途半端に肥えた四人組の眼のなかでは三人合わせてやっと一人前だったわけで、各々その程度に印象の薄い四十前後の男たちだったのだが、それはそれで余計に胡散臭かった。

だいいち、都会のスターバックスあたりで携帯電話片手に何とかラテとやらを小指を立てて吸っているか、街中でワンメーターほどタクシーに乗って、支払いにひょいとゴールドカードを出しているか、せいぜいそんな類の輩が、いったいどれほど暇を持て余したら、こんな山間の寒村まで足を運んでくるというのだ。否、男たちが仮にテレビ関係者だとすると怪しさはさらに増すというもので、昨今のテレビがいくらネタ不足とはいえ、百害あって一利なしのパワースポットだの、無意味に光る森だの、自殺の名所だの、怪しげなネタしかない当地へまたぞろ足を運んでくる連中の頭の中身など、おおよそ上等のはずがないではないか。百歩ゆずって仮に深夜番組だとしても、スポンサーがつくのかどうかも怪しいというやつだ。

かくして元村長らが斜に構えて待っていると、男三人はまもなく集落で唯一人影のある郵便局兼集会所に入ってきて、「うちら、こういうもんですが」と差し出してきた名刺には、はたして某民放の名前と『ドキュメント・ニッポンなう』という番組の名前、そしてディレクター、副ディレクター、カメラマンの肩書があった。

おい、ニッポンなう、だって。知っている？　知らない。ジジババ向けなのは確かだ、などと呟きながら、元村長らは老眼鏡をかけ直し、ひとまず本物らしい三枚の名刺と三つの顔をとくと凝視したものだった。

「うちら、これでけっこう骨のあるドキュメンタリーを撮ってきて、業界の評判いいんですよね。それで、スポンサーがあのケハエール本舗――」まるでドキュメンタリーという顔ではないニット帽のディレクターは言い、元村長らもぽんと手を打った。「あ、なるほど。ケハエール本舗といえば、あのつるつる頭の小坊主が毛生え〜る、毛生え〜る、と歌いながら踊るCMの──」

「そう、それ、それ。で、これは新聞には出なかった話なんですが、実は三年前まで番組のナビゲーターだった、わりに名の知れた探検家の某が、三年前の夏にこの山麓の風穴で行方不明になりまして。スポンサーも残念がって、番組で探検家の足取りを追ってはどうかというわけです。ま、うちらとしては制作費が出れば、何でも撮ることは撮りますんでね」

するとキクエ小母さんが編み針の手も止めずに一言いった。

「生憎、このへんの山で遭難するのは、豆腐に頭をぶつけて死ぬより難しいよ。そんなことも知らないもぐりがドキュメンタリー？　お宅ら、さっさと転職したほうがいいね」

「確かにそうだ。こんな山で消息を絶った男のドキュメンタリーなんて、四つ足どもが腹を抱えて笑うコメディにしかならんよ」郵便局長も言い、その傍らでは元助役が「ドキュメント・ニッポンなう──か。確かに、堅いのか軽いのか分からない、ビミョーなネーミングではあるな」などとしたり顔で呟いたのだが、それでもまるで懲りないのが業界人というもののようだった。

「あはは、当たらずとも遠からずってとこっす。正直、探検家なんて、そもそも食えるのかって話もあるし。生産性がないという意味では、うちらテレビよりヤバいっすから。とはいえスポンサーの関係で、ナビゲーターはやっぱり髪ふさふさの中年がいいってことだったわけっすよ。で、ぼくの顔に何か――」ディレクターがひょいと首を突き出し、「いや、何でもない。そのニット帽の下が一寸気になって」と郵便局長がかわすと、「あ、これニットキャップ。ふつうにビームス」などとディレクターはカタカナを並べ、それからあらためて尋ねてきたものだった。「まあ、そういうわけで、山に入った探検家をどなたか見かけていませんかね。上背が百九十センチある大男で顔は真っ黒。髪ふさふさ。あだ名がネアンデルタール。夏はいつも赤い格子柄のシャツを着て、赤いバックパックを背負っていたんですが――」

「いや、知らないね」「ネアンデルタール人が赤いシャツを着ていたら、見逃すはずがない」元村長らは応じ、写真でも無いのかと尋ねると、無いという返事だ。では、探検家の名前はというと、これが「アンドレ山崎」とかいう。いったいプロレスラーか、お笑い芸人かというところだったが、カナダ人とのハーフだというので、名前の件はとりあえず棚上げにしたものの、こんな村にハーフの男やネアンデルタールもどきが現れたら、畑でジジババどもが腰を抜かすか、あっという間に《写メ》が飛び交って、村じゅうの知るところとなっているのは間違いない。しかし、ミミズやダンゴムシの一生よりさらに平坦な村の日々に、そんな大異変があったという記憶は、いまのところ誰にもないのだ。

そういうわけで、元村長らは暇にまかせてさらに自称テレビ屋たちの名刺と顔を交互に眺め、さてどう料理してくれようかとあれこれ頭のウォーミングアップをしたのだが、それにしても今回は、ネタ自体が少々粗雑すぎる感もあった。ドキュメント・ニッポンなう――？ 元助役が言うとおり、ネーミングだけでも十分にダサいが、探検家の足取り云々という話は、ダサい以前にそもそも成立不能というべきではないか。近隣の山塊はどれも標高千七、八百メートルで高くも低くもなく、うつくしくもなければ名所旧跡もない。バイパス沿いの谷筋や風穴は不法投棄のゴミだらけで、ハイキング客も年々減って荒れ放題となった登山道をゆくのは、これも繁殖力が旺盛すぎてけっして天然記念物にはなれないベタな四つ足どもだけときている。そんな山に、そもそも探検家を名乗る人間が来る理由がないのであって、そう考えると、実際には探検家の入山自体がなかったか、もしくは自然以外の何らかの目的があって入山したか、二つに一つなのだった。そしてどちらにしろ、こんな話を持ち込んでくる男たちの脳味噌の程度も、ドキュメンタリーの中身も推して知るべしであり、最悪の場合、すべてが眉唾の可能性もあった。

ひとまずそんな結論が出たが、それではこの男らの真の目的は何なのだ——？　新たな疑問へジャンプすると、元村長たちの脳味噌はまた狂おしいほどに回転を始めるのだ。

「で、ぼくのニットキャップが何か——」

「いやまあ、せっかくこんな山奥までお越しになったのだから、私どもも出来る限りの協力は惜しまないつもりだが」元村長は話の接ぎ穂にこころにもないことを言い、「ところでアンドレ山崎とかいう探検家だが、風穴に入ったというのは確かかね？　このあたりに風穴は幾つもあるが、探検家がわざわざ目指すような深い風穴は、村の人間が知る限りでは存在しないのだが」とカマをかけてみたものだった。すると案の定、ディレクターは口許に薄笑いを浮かべて、「実を言いますと、山崎さんは以前から武田信玄の埋蔵金に夢中になっていたという話もありまして」などと言い出す。

そら、出た。またか。元村長らは顔を見合わせ、同時に眼の端でかすかな目配せを交わしたのだが、ディレクターらは気づいた様子もなく、「そういう話、お聞きになっておられませんか」と身を乗り出してきた。その顔が、もはやドキュメンタリーという顔でなかったのは言うまでもない。

「まあ、そういう話は昔から聞かないでもないが、そもそも少しでも真実味のある話だったら、とっくの昔に私らが掘り返しているし、その前にご先祖たちがきっちり回収しているだろう。それより、その――」

「これ、ビームス。ただのニットキャップ。ワッチ系ね」

「いや失礼。その埋蔵金云々より、アンドレ某の人相だが、顔が真っ黒で、背丈が百九十センチで、三年前に行方不明だって？　その当人のはずもないが、いま一寸思い出したことがある。ほら、雪解けのころに現れるあいつ――」

元村長が言うと、元助役、郵便局長、キクエ小母さんの三人も一斉に「ああ、ああ、あれね」とうなずき合い、男らも「何？　何？」ぐいと身を乗り出してきた。「雪解けのころに現れるって、人？　クマ？　ＵＦＯ？」

「ではないが、近いかな――」元村長はもっともらしく口を濁しながら、「ここだけの話だが」と声をひそめたものだ。

「ちょうど三年になると思うが、毎春雪解けのころに採れるフキノトウが突然消えてしまってね。こいつは先客がいるということになって、村の者が交替で見張っていたら、いたんだよ、これが。谷筋で、古鍋いっぱいのフキノトウをムシャムシャ食ってやがる。それは村のものだ、返せと言ったら、すたこら逃げ出して近くの風穴に入っていった。まあ、冬の間は食うものも少ないし、腹を空かせていたんだろうということで、私らは後日話し合いに行ったんだが、幸いなことに日本語も通じた結果、そこそこ仲良く共存しようということになって今日に至っておる。フキノトウのほかに、タラの芽やムカゴやユキノシタなども好物のようだから、春になればそのへんで本人に会えるよ。いやそれにしても、そのワッチ系の下が――」

「これの下が、何か？　それより、それ誰なんですか」

「名前はない。毛深い。裸で歩いている」元村長が言えば、「でかい」元助役が言い、「臭い」キクエ小母さんが言い、「しかし、実に立派なモノをもっておる」郵便局長が言い、「そして、髪ふさふさ？」ディレクターが一オクターブ高い声を上げた傍らで、サングラスの副ディレクターが一言「それ、雪男っすよね――」

「雪男だったら、とっくの昔にこの村は世界遺産になっているよ。だいいち、雪男がてんぷらを食うものか。近ごろはやっこさん、古鍋で山菜をてんぷらにするわ、蕎麦は打つわ。そうそう、時流に反してタバコも覚えたらしい。去年夏に、葉タバコをつくっている村の者が、乾燥小屋の製品が盗まれたと騒ぎだしたことがあったのだが、しばらくして真夜中に風穴のなかから、いちまあい、にぃまあい、さんまあいと何かを数える声が聞こえる。すわ、皿屋敷かと思いきや、なかを覗いてみると例の男が、乾燥した葉タバコをいちまあい、にぃまあい、さんまあいと数えていたんだそうな。ま、そういうわけだから、残念ながら雪男ではない」

「おいおい、ひょっとしたら、それがアンドレ山崎だったりして――」ディレクターがさらに一オクターブ声を高くし、「絵になりますよねえ！」カメラマンが叫ぶ。

しかし、それに水を差して元村長はさらに語るのだ。

「いや、待ちたまえ。私らも名前は再三尋ねたが、結論から言えば、彼は記憶がないか、初めから名前など無いか、どちらかだ。そこで、なにしろ羨ましいほど髪がふさふさしているから、私らはひとまず北京原人、略してペーゲンなどと呼んでいたのだが、確かにネアンデルタールも悪くない。縮めて、ネアンデル」

「いいねえ！」「ますます、そそるなあ！」ディレクターたちはさらに声を上げ、元村長は続ける。「いやともかく、そいつは名前も素性も分からないけれども、どこから来たかは分かっておるのだ。あくまで本人が言うことだけども、彼は《センター・オブ・ジ・アース》から来たらしい。東京ディズニーシーのアトラクションではない。かのジュール・ヴェルヌの名作『地底旅行』に出てくる本もののセンター・オブ・ジ・アースだ。聞くところでは、彼は地底のマグマの火道の脇の空洞のどこかで迷子になって、この私らの足の下のフォッサマグナの割れ目のどこかから出てきたら、この山麓の風穴だったらしい。ヴェルヌの話ではアイスランドからスコットランドあたりの地下ということになっていたが、大地の割れ目はあちこちにあるということだろう。ヴェルヌの時代から百五十年も経って、新しい火道が出来たのかもしれないし――とまあ、そういう話なのだが。諸君、どうかね？　どうせ撮るなら、埋蔵金などとケチなことを言わずに、でっかく地底旅行でキメるというのは」

元村長が水を向けると、それに応えてディレクターは天を仰いで曰く、「アンドレ山崎がネアンデル山崎――。よし、番組タイトルは『アンドレ山崎改めネアンデル山崎、センター・オブ・ジ・アースへ行く――！』。冒険＋謎＋壮大さの三拍子揃って、番組コンセプトもばっちりだ」

「いったい髪ふさふさが、そんなに大事なことかねえ」編み物に眼を落としたままキクエ小母さんがひやひや笑い、「当人の出演料は芋が十キロもあれば十分だが、我々のコーディネート料はそうだね、ケハエール本舗の最高級品の『スグハエール』百本と、三時のおやつにダロワイヨのマカロンを百個ほど頼むよ。虎屋の羊羹もそろそろ飽きてきたもんで」郵便局長がそしらぬ顔で言い、「私は『スグハエール』のクリームタイプを頼みたいが、まずは四月初めの雪解けのころに当人が現れてからの話だ」元村長が言うと、「そうそう、役所の住民課から住民登録をするよう催促が来ていたな、たしか」元助役が応じる。

するとと、「アンドレ――じゃない、ネアンデルが住民登録っすか。それも絵になるなあ！」副ディレクターが言い、「村の者がやっこさんに服を着せて、駅前のイメクラへ連れていったら、運悪く助役に見つかったのだ。サービスデーだったらしい」元村長はそう応えてさらに曰く、「まあ、やっこさんも最近は知恵がついてきたし、フキノトウより北京ダックだなどと言い出すのも時間の問題だとは思っていたが、なんとセーラー服フェチとは――。いやしかし、さすが北京原人、いやネアンデルタール人。ワイルドだろ〜ということでキャバ嬢には大人気だったらしいが、あまり有名になっても困るし、ツイッターで呟かれでもしたら最後、押し寄せるメディアや観光客で山の自然が破壊されてしまう。それで、とりあえず風穴に通じる吊り橋を一本落としたのが去年の暮れのことだった。そういうわけだから諸君、彼に遇《あ》いたければ、雪解けのころに出直してきたらいいが、谷筋を伝ってゆく難コースだから、そのつもりで」

「もちろん出直しますとも。いやあ、いいですねえ！　センター・オブ・ジ・アースのためなら、『スグハエール』『ヨクハエール』『アスハエール』の三本セットを百セットはもちろん、マカロン百個、羊羹百棹、お安い御用っす。イメクラ、キャバクラ、ピンキャバ、何でもOK。アンドレ山崎、もといネアンデル山崎のお好みの店へお連れしましょう。ところで用意するものは、ツルハシ、スコップ、ザイル、ヘルメットとヘッドランプ、防水ブーツ、簡易テントに食糧、そんなところっすか？　いやあ、楽しみっす！　お世話になります！　それではまた雪解けのころに！」

かくして、風のようにニットキャップとレザーブルゾンとサングラスの三人は姿を消し、四人組はしばし顔を見合わせた。五秒の重い沈黙があり、最初にキクエ小母さんが口を開いて言った。「マカロンというのは、どら焼の餡を抜いてパサパサにしたみたいなやつかい？　どうせなら大吟醸の新酒を百本と言ってほしかったよ、まったく」

それから「あのニット帽の下は間違いなくハゲか薄毛だ」と呟いたのは元助役。次いで「それにしてもあの様子は、つまり信じたってことか？」郵便局長が言い、今度は三人揃って「さあ――」そして、おもむろに気を取り直した元村長が、その場であらためて話を整理したものだった。

「しかし、私たちは一つも嘘はついていない。センター・オブ・ジ・アースだけは私たちのサービスだが、ペーゲン改めネアンデルル山崎が自分はフォッサマグナのどこかの割れ目の下から出てきたと言ったのは事実だし、本人が自分は地底に棲んでいたと言ったのだ。それに毎春フキノトウを盗み食いしているのも事実だし、割引券があったからだと思うが、山向こうの甚兵衛が彼をイメクラに連れていったのも事実だ。もちろん住民登録の話も。つまり、こうした事実のいずれも夢などでないことは私たち自身が知っているわけだが、ネアンデル自身が語った内容については、その真偽は確かに分からないと言うほかはない。ほんとうに火道の脇から出てきたのか。ほんとうに地底に棲んでいたのか。ほんとうに名前はないのか、エトセトラ。すなわち、ここは信じるか信じないかの問題になるわけだが、一般論で言えばやはり、地底云々はあまりに蓋然性《がいぜんせい》が低かろう。従って、あの三人もよもやセンター・オブ・ジ・アースを信じたのではあるまい。もちろん、ドキュメンタリー云々も口実にすぎない。彼らが信じたのはたぶん、探検家のアンドレ某があえて原人に身をやつして山に棲みついているという仮定のほうだ。では、その仮定は彼らにどんなメリットをもたらすか――かく考えるに、彼らが探しているのはやはり埋蔵金ではあるまいか。彼らはおおかた、探検家が埋蔵金を発見して、発掘のために風穴にひそんでいると見当をつけているのだ。諸君、どう思う」

すると、「蓋然性は低くても、戦国時代の埋蔵金より、地底へ通じる火道だか何だかのほうが、よほど金になるんじゃないのかい？」キクエ小母さんが言い、「私もそう思う。現に、埋蔵金と呼ばれているものが発見されたためしがないことを考えても、埋蔵金伝説なるものは巷《ちまた》の毛生え薬よりはるかに嘘くさいと言うべきだろう」元助役が言うと、今度は郵便局長が珍しく頭を働かせて曰く、「しかし、だ。まだあのネアンデルとやらがアンドレ某だと決まったわけではないが、仮にそうだとしたら、その地底の話こそ、あいつの口から出まかせだったことになる。まったくあのおっさん、毛深いから目立たないものの、近ごろはてんぷらの食い過ぎですっかりメタボだしな。あれでは、本もののネアンデルタール人にもアンドレ・ザ・ジャイアントにも失礼ってもんだよ」

そして、元村長は再び頭を巡らせてみるのだ。「確かに、地底の話が作り話なら、私たちこそ一儲けし損なったということではあるが、しかしそうなると話は振り出しに戻ることになる。

名の知れた探検家がなぜこんな山に入ったのか。なぜ消息を絶ったのか。都市伝説並みに胡散臭い埋蔵金に関心があったというのはほんとうか。そして東証二部上場のケハエール本舗が、埋蔵金探しで行方不明になったような人物の番組をほんとうに制作する気なのか——。こうして考えてみると、この話にはやはり何かがあるというべきだろう」

とはいえ、最後の締めはやはりキクエ小母さんになった。「そんなことだから、あんたたち髪が抜けるんだよ。儲け話はそう簡単に諦めるものじゃない。春先にあたしたちがまずネアンデルタールをたっぷり締め上げて、それから次の手を考えても遅くはない。大事なのは諦めないこと。いいね？　さあ、そうと決まったら、虎屋が聞いて呆れる、手作り芋羊羹のおやつだよ。髪にいい昆布茶付き」そうしてキクエ小母さんは編み物を置いて立ってゆき、そこで話はいったん春まで棚上げとなったわけだった。

それから二カ月が過ぎ、旧バス道の雪はまだ解けないものの、谷筋のネコヤナギが芽をふき、南向きの斜面では福寿草やフキノトウが顔を覗かせ始めた。すると、四人組も亀が甲羅から首を伸ばすようにして襟巻きから首を伸ばし、お天道さまを仰いで眼をほそめたものだが、そうこうするうちにふと、元村長らが風穴のネアンデルタール人のことを思い出したのは、朝の髭剃りのときに鏡に映った己が額の生え際のあたりに一寸眼が行ったためだったかもしれない。ともあれ元村長らは、続いて自称テレビ屋の三人の顔を思い浮かべ、暇にまかせて、やはり儲け話を捨てるわけにゆくものかと決意を新たにしたのだ。

かくしてある晴れた日、四人組は陽気と欲と好奇心に誘われ、久々に握り飯と水筒持参で山へ向かった。雪解けの早い尾根伝いのけもの道は、彼らとその先祖たちが数百年にわたって山菜採りに通ってきた道であり、雪解け水で水量の増した沢筋は大ヤマメたちの神聖な住処であり、そこを行く四人組は一歩毎に俗世の垢と欲の皮を落として身心ともに清涼な存在となった――わけもないが、ともあれ足取りは獣のように軽く、迷いがなかった。元村長たち自身、山の霊気に背中を押されるような感覚のなか、いつになく一心不乱だったのは、それこそ山と一つになって生きる者にしか聞こえない大地の声が聞こえていたせいだった。何かが起きる、異変が起きるとその声は教えていたのだ。

事実、村人たちの手で落とされた吊り橋の手前で四人組が最初に発見したのは、雪に埋まったままのワンボックスカーで、それはかの自称テレビ屋たちが、郵便局兼集会所に立ち寄ったその日か、あまり日をおかずに風穴を目指したこと、そしてそこから未だ戻ってきていないことを告げていた。いったい三人は、めでたくアンドレ山崎とやらに再会して一緒に風穴で埋蔵金を掘っているのか、はたまた風穴に辿りつく前に遭難したのか。いずれにしろ、村にとっても四人組にとっても吉報ではありえず、一刻も早く塩でも撒きたい気分で沢づたいに先を急ぐと、例年ならまだ地表に出てくるのは早いヘビやカエル、シマリスやヤマネたちがそこここに姿を見せて、どうしたんだと声をかけると、土が熱くなっているとか、尻が燃えそうだとか答える。こいつはやはり何かあると確信しながら、ざわざわと鳴り続ける沢の傍を登ってゆくと、案の定、あちこちから硫黄の臭うガスが噴き出していたり、温水が湧いていたりだったが、かの浅間山の天明の大噴火がいまも言い伝えられている村のことだ。春霞の下のぽかぽか陽気と、地中深くの地殻の異変は四人組の耳目と身心のなかで難なく溶け合い、あわてふためく者もなかった。

そうして三時間もかけて目指す風穴に到着すると、予想どおりネアンデルタール、もとの名は北京原人が入り口の石の上に坐っていたのはいいが、去年見かけたときよりずいぶん痩せて、しかも傍らの鍋にはあれほど好物のフキノトウが残してある。これには元村長らも驚き、「おい、どうした。食欲ないのか」と駆け寄ったものだった。

すると、当人の返事はこうだ。

「男三人、来た。止めたのに穴へ入った。あと、知らない」

さもありなん。元村長らは顔を見合わせて身震いし、いよいよ話を整理しなければならないと思ったが、その前に相手を落ち着かせることも忘れなかった。

「まあ、せっかくのフキノトウを先に食べてしまいたまえ。私たちだって今年はまだ食べていない初物だしな。どうだ、美味いか？——よし。では最初にいくつか確認しておきたい。まず、あんたの名前はアンドレ山崎か？」

はたして、ネアンデルタールはこくりとうなずき、「カナダ国ブリティッシュ・コロンビア州出身。名は、アンドレ・アンブローズ・山崎。略してＡＡ山崎」などと真顔で言う。

「なんだか余計にややこしいが。まあよい、嘘をついていたことは不問にするが、身元を偽ったのはなぜだ？」

「もちろんマネー、マネー。埋蔵金」

「三年前にこの山に入ったのは、埋蔵金を探すためだったということか？　で、それは見つかったのか？　その顔だと、見つからなかったのだな。それで今日まで、ここで北京原人に身をやつして、埋蔵金を探し続けてきたわけか。実に羨ましい身分だ。いまごろ万国の働きアリが歯ぎしりしているに違いない。いや、いまはそんな話をしている場合ではない。本題に入るが、ここへやって来た男三人は『ドキュメント・ニッポンなう』のスタッフで、一人がニット帽、一人が革のブルゾン、一人がサングラスだな？　で、三人はここであんたを発見したあと、どうしたのだ？　埋蔵金を掘っている穴に入った？　あの奥の、ガスが噴き出しているところか？　あそこに入ったのか——」

元村長らがおそるおそる眼を凝らした先の風穴の奥では、去年まではなかった黄色いガスがごうごうと唸りをあげて噴き出しており、水蒸気が靄《もや》になって立ち込めて、よほど何かがなければ近づくのも恐ろしい光景だった。ほんとうに三人はあのなかへ入っていったのか。あのなかへ埋蔵金を探しにいったのか。あらためて尋ねると、元探検家ＡＡ山崎は何やらあいまいに首を振り、一丁前に「話せば長いんだが——」ときた。

かくして当人が言うには、例の三人は埋蔵金を信じている振りをしていただけで、彼らが狙っていたのは埋蔵金の埋まっている地中から噴き出すガスのほうだったらしい。というのも三人は、そのガスを浴びると髪がふさふさになると思い込んでいたようなのだが、彼らがそう思い込んだ理由は、ガスを浴びながら埋蔵金を掘っていたこの自分にあるのかもしれない。元探検家はそう言うと、ふさふさというよりワッサワッサというほうがぴったりする己が髪に手をやってみせ、元村長らはあらためてごくりと唾を呑んだものだった。「つまり、その地中のガスを浴びると、あんたのように髪がふさふさになる――というわけか？」

「その逆。こうなるのだ」

次の瞬間、元村長らの眼前に現れたのは眼にも眩しいつるつるの頭と、元探検家の手のなかのカツラだ。これはまた、なんと――。三秒間の沈黙と、続く十秒間の大爆笑があり、「気に入った！　あたしゃ、あんたのファンになるよ！」キクエ小母さんが豪語すると、ついには当人も「まあそういうわけでスポンサーの手前、帰るに帰れなくなったのだ。カツラを取ったのは初めてだが、意外にすっきりしていいもんだな、うん」などとうそぶいてみせる始末だった。

とはいえ、それで一件落着というわけでなかったのは言うまでもない。元探検家が止めるのも聞かずに自称テレビ屋の三人が穴に入ったのは二カ月も前のことで、それからずっと元探検家がトイレも我慢して見張ってきたのだが、三人が戻ってくる様子はない。埋蔵金を求めて掘り進んだ穴の奥深くにはいくつも自然の空洞があり、三人はそのどれかに入り込んでしまったのかもしれない。それらの空洞のいくつかには『地底旅行』に描かれているものほど巨大ではないが、キノコが豊富に生えているという。従って食糧には困らないが、一つ間違えば三人がすでに死亡している可能性もなくはない。そしてどちらにしろ、このまま所在不明が続くと早晩警察の捜索が始まるのは必至であり、そうなると元探検家の居場所も、埋蔵金発掘の可能性もなくなってしまって、四人組には退屈な日常が、元探検家にはハゲ頭だけが虚しく残されることになるのだ。さてしかし、だからといって自分たちに何ができるだろうか——。

元村長ら四人組と元探検家は、ガスの噴き出す暗い穴を眺めてあらためてため息をつき、いくらなんでもあのなかへ自分たちが捜索に行くのは現実的でないという結論をだした。一方、元探検家については、ちょうど市から住民登録の手続きを迫られていることでもあるし、山の地殻も噴火が近いことを示しているときでもあるし、この際風穴を出て、ハゲ頭を活かして新しい人生を生きるのも手だと説得すると、当人も実はあのイメクラが忘れられないとのことだった。かくして行方不明の三人のほうは成り行きに任せることにして、四人組と元探検家はあえてそれ以上の行動は起こさず、沈黙を守っておとなしく風穴をあとにしたわけだった。そして、それからひと月ほど経った五月の連休前のことだ。

その数日前からずずん、ずずんと地震動が村を揺すっていたかと思うと、夜更けにあの風穴に近い山肌が水蒸気の雲で白く染まり、村人たちは小規模な水蒸気爆発があったことを知った。わずかに火山粘土の噴出もあったようだが、畑や田んぼに目立った被害もなく、村人たちがツイッターやフェイスブックで「噴火なう〜」などと呟きあったほかは、新聞にさえ載らなかったのだが、結論から言えば、それは実に幸運だった。というのも、四人組と元探検家の各々にぴんと来るものがあって、翌朝早速噴火のあった山の風穴へ行ってみると、一ヵ月前にはなかった温泉が穴のなかから噴き出しており、入り口の岩の上に見覚えのある男が三人、つるつる頭を朝日に光らせながら全身びしょ濡れで坐っていたからだ。しかも三人は、遭難者というより、どこかのテーマパークのウォータースライダーから降りたばかりといった笑顔で、こちらに向かってVサインをするではないか。そしてあのワッチ系ディレクターが声を上げ、「埋蔵金はなかったし、毛の生えるガスもなかったすけど、センター・オブ・ジ・アースのロケハンができたから、まあOKっす！」

なるほど、少なくともワッチ系については、地下で浴びたのが毛の生えるガスではなく、毛の抜けるガスだったことのショックは皆無だったのだろう。ともあれ、この業界人たちの七転び八起きにはさすがの四人組も脱帽し、地球最後の日に生き残るのはこういう能天気なのだと、つくづく肝に銘じたことだった。もっとも、後日地底旅行のドキュメンタリーが制作されることはなく、代わりに元探検家プロデュース、ケハエール本舗出資の温泉テーマパーク『センター・オブ・ジ・アース』建設予定地の看板だけが現地に立った。そしてテレビCMでは今日も、イメージキャラクターのつるつる頭の小坊主が、お風呂セットを手に毛生え〜る、毛生え〜ると踊っている。

四人組、危うし！

春先に山を覆っていたスギやヒノキの花粉がやっと薄らぐと、今度は大陸から偏西風に乗って飛んでくる黄砂が空を薄黄色に染め、その次はコナラやクリやアズキナシの花。さらにそれが終わっても、夏は田んぼの畦のヨモギやブタクサに、カモガヤやオオアワガエリ。かくして山の住人や四つ足たちが眼を真っ赤にしてハックション、ハックションと賑やかにくしゃみを響かせる時節は、毎年ほとんど秋口まで続くことになる。すると、会う人、すれ違う人の誰もが大きなマスクで顔を覆っている期間もそれだけ長くなり、ひょっとしたら折々に人違いや勘違いなどをそうと気づかないまましているのではないか——といった不安神経症に陥る者が出てきて、心療内科は笑いが止まらない——というのは冗談だが、マスクと呼ばれるあの白い蒲鉾板のような代物のせいで、何年か前には四人組の村でも、多くの者がふだんなら見逃すはずのないことを見逃してしまい、一寸した騒動に発展したことがある。

そのとき最初に見逃されたのは、当時三十代で新しく市長になった通称ヘリウムガス——その名の通り、空気より軽い——が、思いつきでぶち上げた「子育て世代にやさしい田舎宣言」

の詳細だった。折からのスギ花粉の大飛散で、ぐしゅぐしゅ、ずるずる鼻水をすすりながら、ええ〜わらりだぢのまぢにあだらじいほいぐじょをづぐろうどおぼいばず〜などと市議会で演説したヘリウム市長が、いったいどこまで本気だったのか、マスクのおかげで議員も市民も誰も読み取れないまま条例案は市議会を通ってしまい、気がつくと、子育て支援の一環とやらで開設される新しい保育所の告知が市報に載っていて、仰天したのは四人組をはじめとした山の住人たちだった。なんと、新設の保育所は旧村役場の建物を利用して費用を抑え、さらに老人施設を兼ねて福祉の充実に資するものとする、などと市報にはあったからだ。金欠で予算もないのに、市長が鼻水をずびずびすすりながら「子育て世代にやさしい田舎宣言」をぶち上げたときから悪い予感はしていたのだが、それにしても行政のすることとも思えない無謀な計画ではあった。

なにしろ、新規に用地を購入して、規定の数の保育士を確保するような金はないので、端から認可保育園は無理。それならせめて認可外保育施設を増やすのかと思いきや、それも金がかかるので、ほとんど出費ゼロですませられる旧村役場に白羽の矢が立った結果、かたちの上ではいわゆる僻地保育所と呼ばれるものと相成ったらしい。市報に曰く、市内の児童を毎朝マイクロバスで山へ運び、夕刻にまた麓へ送り届けるほか、村のお年寄りとの交流を深め、豊かな自然に囲まれた山村で理想的な情操教育を行う予定である云々。しかも市営なので保育料は格安、ときた。その一方、どこにも保育士の数や待遇についての記述がなく、端からひまな年寄りに幼児の面倒を見させる腹のようで、土台、運営の基本からして間違っているというほかはなかった。自由気儘な生活を謳歌している村の住人たちが、何が悲しくていまさら赤の他人のガキのオムツを替えなければならないか。

かくしてもちろん四人組も、黄砂で黄色くかすんだ空の下、郵便局兼集会所に顔を揃えて、市報を肴に大いに悲憤慷慨《ひふんこうがい》したのだが、そうこうするうちに何事も即断即決が身上らしいヘリウム市長は、担当部署を急かしてあっという間に旧村役場の改装工事と園児の募集を始めてしまい、村の年寄りどもが重い腰を上げたときには、当のヘリウムが市の公用車で現地視察にやって来るという急展開だった。郵便配達のタニシの知らせで市長一行の来訪を知った村人たちがあわてて旧バス道に出てみると、相変わらずマスクが顔か、顔がマスクか分からないヘリウムが、ぐしゅぐしゅ、ずびずび鼻を鳴らし、三秒毎にハックション、ハックションとくしゃみを爆発させながら、「みららん、このらびはおれわりらりらす」と挨拶を始めたもので、まずは元村長が一発かませたものだった。「お見かけしたところアレルギーがひどいようだが、事前にご注意申し上げるべきでしたなあ、ハックション！　自慢じゃないが、この山はスギやヒノキや黄砂だけじゃない、ほら、四つ足どもの毛が轟々と渦を巻いておりましてなあ、ハックション！」と。

しかしヘリウムは、鼻をするのに忙しくて聞いてもいなかった。「らいろううる、ハックションン、ほんりるはおひららろろりる、ハックション」意味不明の鼻声に続けて、脳味噌の代わりにヘリウムガスが入っているという噂もあながち嘘ではなさそうな軽さでへらへらと愛想笑いし、らちがあかない。そこへ秘書が出てきて「まあ、そういうわけで」云々と僻地保育所開設の経緯を話しだすと、これも止まらないので、しびれを切らした四人組がついに口火を切った。

「そもそも、携帯電話のタダ友じゃあるまいし、年寄りのひまをタダで使おうという発想が間違っておるのだ。厚かましくも人生の大先輩に保育園児のオムツを替えてもらいたければ、まずは三顧の礼で迎えた上にそれなりの特別料金を払ってしかるべきところ、市営だから格安料金だと？」元村長が言えば、「それ以前に、やさしい年寄りという手垢のついた常識を疑うべきだね」キクエ小母さんが肩をゆすって笑い、続いて「いくらお役所仕事でも、お宅らもずいぶんゆるい商売をやっているもんだ」元助役がぼそりと吐き捨てると、「何が子育て支援だ。いくら選挙目当てでも、どうせやるんなら、若い姐ちゃん集めて昼は保育所、夜はキャバクラの二毛作ってのはどうだ？」郵便局長がドスをきかせ、「それに、私らもいまさらガキのオムツなど替えたくないし、彼らだってジジババとお昼寝なんてしたくはなかろう」元村長が再び言うと、最後はやはりキクエ小母さんが締めたものだった。「まあ、保育園でも姥捨山《うばすてやま》でも何でもつくればいいさ。少なくとも、尻尾の生えた村外れの住人たちが泣いて喜んでくれるだろうよ。ただでさえ子だくさんなのに、この春にはまた、小さいのがわらわら生まれたそうだから」

すると、なにを聞いていたのか、ヘリウムはにこにこと上機嫌で曰く、「ろりらるよろいぐおれらいりらる、ハックション！」

続いて秘書もにこにこして、「そうそう、施設の責任者はとりあえず元村長さん、副責任者は元助役。財政逼迫《ひっぱく》の折ですんで、ボランティアってことでよろしく」

「いま、無給と聞こえたが――」元村長が早速聞き返すと、「無給ではなく、ボランティア」人指し指をチッチッと左右に振って秘書は言い、「ふん、それなら施設の名前もボランティアで決めさせてもらうからな」元村長はそう切り返すのがやっとで、「れはみららん、ハックション！　ろうらよろりる、ハックション！」市長一行は、旧村役場の工事日程表を残して砂塵のごとく消えてしまったのだった。

それを見送って、「要は、保育所は必要だが、先立つものがないという絶対的な現実の話なのだ――」元助役が陰鬱な正論を吐くと、元村長と郵便局長とキクエ小母さんのため息がそれに続いた。そう、これが絶対的な現実の話であることぐらいはみな分かってはいたが、それにしてもなぜこの村と自分たちが犠牲になるのだ？　こうなることに、何か必然はあるのか？それとも何かの大いなる陰謀か？　アレルギー性鼻炎のせいでいつもなら働く頭も働かず、村の年寄りたちは納得できる解答は得られずじまいだったが、それでも転んでもただでは起きない四人組ではある。間もなく元村長が出した結論はこうだった。

「諸君、現実を動かせないというのであれば、ここはありのままでゆくしかない。幼児どもに泣きわめかれてはこちらもおちおち昼寝どころでなくなるから、必要最低限、オムツぐらいは替えてやるが、私たちの暮らし方はいままでどおりにして何一つ変えないこととしたい。寝たいだけ寝て、食いたいだけ食う。ニンジンとピーマンは残す。掃除と歯磨きはさぼる。風呂はカラスの行水。ネットにエロゲー、夜更かし、偏食、痛飲、何でもありだ。そんなふうに自然体で過ごしておれば、こんな僻地の保育所に大事な子どもを預けようという保護者は自ずといなくなる。そうすればヘリウムも眼が覚め、村に平和が戻る——という次第だ」

それから一カ月後、旧村役場を改装した僻地保育所兼老人デイサービスセンター『子育てのカオス&あの世にもっとも近い姥捨苑』、略して『カオス&姥捨苑』がオープンの日を迎え、二歳児から五歳児まで二十人の保育園児と、村の年寄り二十人が一つ屋根の下で相対することとなった。

そのとき最初に麗しい初夏の山に響いたのは、五歳児数人の「ジジイもババアも、くっせえ——！」の絶叫であり、そのジジババどもの「ガキのオムツ、くっせえ——！」の哄笑だ。かくして両者一歩も譲らず、元議場の百畳の広さの板間の端と端に分かれて一時間の睨み合いがあり、次いでセンターラインをはさんだ陣取り合戦の乱闘があり、血で血を洗う代わりにポテトチップスと柿の種が飛び交い、紙オムツと入れ歯が宙を舞う阿鼻叫喚の光景がしばし繰り広げられた。その後、園児代表の五歳児と老人代表の元村長がムシキングのレアカードを交換していったん休戦となり、闘いの疲れで揃って昼寝をした後、園児は無事に迎えのマイクロバスで帰ってゆき、老人たちも何食わぬ顔をしてそれぞれの家に引き揚げたという次第だった。もちろん、久々に腰痛や膝痛の軟膏の臭いをまき散らしながら、だ。

もっとも、これをもって市長の人気取りのトンデモ企画が瓢箪から駒だったということにならなかったのは、言うまでもない。休戦は休戦であって和平ではないし、互いに口をきかない一触即発の関係に変わりはなかったからだ。それにしても、いったい保護者の眼はどこについているのか、保育園児たちはその後も懲りずに通ってきて、オムツが濡れたといって泣き叫び、腹が減ったといって泣き叫び、眠いといって泣き叫び、そのつどジジババどもがあたふたと走り回る光景は、遠目にはほほえましいものに見えたかもしれないが、実際は元村長の当初の宣言どおりで、しもの世話は紙オムツを惜しげもなく使うだけ。泣き止まない子どもはかごに入れて外へ放り出し、村外れの子だくさんのタヌキどもに面倒を見させるだけ。黄砂に動物の毛が加わって、ハックション、ハックションの大合唱がさらに賑やかになったことを除けば、楽なものだった。

ほかにも、読み聞かせるのは絵本ではない芸能週刊誌にスポーツ紙。お絵描きの画用紙は巨乳満載ピンク・カレンダーの裏で、折り紙もその手の古雑誌をちぎったもの。カードゲームはやり放題、ビデオのアンパンマンとドラえもんとプリキュアシリーズも見放題。スカートめくりやプロレスごっこも誰も止めはしないし、花札にチンチロリンも然り。鬼ごっこやおままごとや木登りは、腰痛のジジババに代わって気のいいツキノワグマのゴン太とその兄弟が担当し、おかげでおままごとの題材はプーさんではない、シートン動物記の『灰色熊の一生』をぱくったシリアスなものになった。所詮クマだと見くびっていたら、ゴン太は見かけによらず社会派だったわけだ。

またもちろん、給食も面倒なことはせず、離乳食はアイスにポテチにチョコレート。年長組の昼飯は出前の濃厚豚骨ラーメン、チャーハン付き。もしくはハンバーガー、ポテトフライに、ラージサイズのシェイクときた。園児がこぼした食い物は雑食のタヌキどもが喜んでなめて片づけ、ジジババのほうはそれを尻目に昼寝する者、昼酒を食らう者、鼻をほじる者、ラジオの競馬中継にかじりつく者。さすがに徘徊するほど惚けている者はいなかったのが唯一の救いといえば救いか。そして、迎えのバスが来るころには、タヌキどもも心得たものでさっさとエプロン姿の保育士に姿を変え、黄色い声を張り上げて「バイバーイ!」見送りの手をふると、園児たちも揃って「バイバーイ!」明るく手を振って返す。

そう、二十人の園児たちはあろうことか毎日きわめて機嫌がよかったのだ。それを見るにつけ、元村長ら四人組は一寸悪い予感にとらわれたものだが、気のせいだろうとそれを退けて、あえて面倒なことは考えないようにした。都合の悪いことや処理が困難なことについては、考えるより忘れるほうを選ぶ程度に、四人組も人の子ではあったということだ。

さてしかし、彼らの動物的第六感は遠からず的中することとなった。六月のある日、旧バス道をヘリウム市長の一行が登ってきて、やあやあと遠くから手を振る光景が見られた。もちろん旧村役場までやってくると、あたりに充満した四つ足の毛でヘリウムの鼻はたちまちぐしゅぐしゅ、ずびずびになり、突然のくしゃみの十連発に「あれ？」「あれ？」としきりに首をかしげながら急いでマスクを取り出し、おかげで四人組はまたしてもその素の表情を見逃す結果となったのだが、とまれヘリウムがわざわざ山まで上がってきたのは、施設の大成功を伝えるためだった。

「いやいや、らいれいろうらよ、ハックション！　これわらも、るりろれんろわらりりれる、ハックション！」相変わらず意味不明のヘリウムのらりるれろを秘書が訳して曰く、山の僻地保育所は予想以上の大評判で、これで次の選挙もばっちりだと市長も喜んでいる由。評判の中身は、たとえば子どもたちが元気になった、活発になった、偏食が治った、アレルギーやアトピーが軽減された、夜泣きがなくなった、などなど。そして、口コミが口コミを呼び、入園希望者が市外や県外からも殺到しているので、近々施設を拡張することに決めた云々。手始めにテレビの取材が入るのと、保護者参観と入園希望者の見学会をやるのでよろしく云々。

「世の中、狂っている——」

四人組はしみじみ吐きだしたきり、しばし続く言葉がなかった。チョコレートの食べ過ぎで虫歯ができるのならまだしも、偏食が治るわけがないし、栄養バランス完全無視の豚骨ラーメンで健康が害されるのなら分かるが、その逆というのはいったいどういうことか。四つ足の毛が充満した施設に半日いて、なぜアトピーが治る——？　それだけではない。所詮タヌキが替えたオムツなど、いつもグシャグシャだし、ツキノワグマはけっこう臭うし、園児たちが家にもって帰る折り紙の鶴や亀の端々に、裸のお姐ちゃんの写真が覗いていたりするのに保護者は気づかないのだろうか？　また、四歳児や五歳児はみな相当すれているのに、保育所が実は四つ足だらけの動物園状態なのを保護者に告げ口していないのだろうか？　保育士がタヌキとクマ、ときどきイノシシ、あるいはシカだということを、誰も話していないというのか？　保護者の評判がいいというが、いったい保護者もすべて承知の上でOKだということなのか――？

考えれば考えるほど謎は深まり、四人組が額を寄せて唸っていると、そこへ心配そうな顔のタヌキの父さんがペタペタ近づいてきて、「私ら、なにかマズイことでもしやしたか」と言う。聞けば、少子化と無縁の彼らは彼らで子育てがたいへんなのであり、保育所の残飯は大いに助かるし、チビどもをよその子どもと遊ばせるのは大いに社会勉強になるので、喜んでいるのだが、迷惑をかけているのならそう言ってほしい云々。いつになくしおらしいことを言うので、よほど大家族の面倒を見るのに苦労しているのかと可哀相にもなって、「なに、お前さんたちはよくやってくれているとも。心配なのは人間のほうだ。山で長く暮らすうちに、下界では非常識が常識となっていたらしい。市長曰く、ここの暮らしに園児も保護者も大喜びだってさ」そう元村長が応じると、「そうでやしたか！　ではこれからもっと張り切って、皆さんのお世話をさせていただきやす！」手のひらを返したようにニコニコして、ペタペタ行ってしまったもので、なるほど、ひょっとしたら自分たち人間は悩まなくてもいいことで悩んでいるのかもしれないと、気づかされもしたことだった。否、もともと悩みとも言えない悩みであったというほうが正しいとも言えたが、ともあれそんなわけで頭を切り換えた結果、元村長らは保護者参観で白黒をはっきりさせようという結論に達したのだった。そして世の道理に倣《なら》えば、その日は当然、村史に残る大騒動の日にならなければならなかった。

さて、当日は初夏の空も眩しい日本晴れとなり、旧村役場には四つ足どもが丹精こめた万国旗がはためき、どこかの田舎町の道路の開通式かと思うエルガーの『威風堂々』――ちなみに選曲はゴン太だった――がエンドレステープで流れるなか、市長や市議会議員、県会議員の一行と保護者の車が次々にやって来た。そしてそれを地元テレビのカメラが追い、レポーターが「今日は若いアイデア市長の発案で開設された山の保育所にお邪魔していま〜す。周囲はご覧のとおり山と畑と田んぼしかないド田舎で〜す。カエルが鳴いていま〜す。というか、カエルとクラシック音楽の共演って、初めて聴きました〜」と能天気な声を張り上げる。

「あ、子どもたちで〜す。こんにちは〜。テレビのおねえちゃんでちゅよ〜。あ、お化粧、ちょっと濃い？　でも、ババアじゃありませ〜ん。マジ、婚活中。好みは韓流のイケメンで〜す。あ、ババアって言ったそこの君。あとで可愛がってあげるね〜。みんな、こんにちは〜、こんにちは〜」そうしてテレビカメラが突入していった旧村役場の板間では、園児たちと年寄りが入り乱れて駆け回り、キャアキャアワアワア歓声を響かせての鬼ごっこ――もしくは乱闘の真っ最中で、さすがにその日だけはものを投げるのが禁じられていたものの、摑み合いあり、足蹴りあり、背負い投げありの大迫力だった。「ひやぁ、すご〜い！　こんなの見たことな〜い！　子どももお年寄りも元気ですねえ〜。うわ、ビシバシ音が聞こえますよ〜。ねえ、ぼく！　いまお婆ちゃんにビンタ食らったの、痛くないの？　うわ、お爺ちゃんのバックドロップ、決まったあ――！　ぼうや、起き上がれるか、ワン、ツー、スリー！　あ、起き上がりました、試合続行で〜す！　あ、お婆さんが毛糸の編み針で園児のお尻を刺した！　これは反則技だ〜。お婆さん、激しいですね〜！」

「婆さん、婆さんって、うるさいよ、あんた！　あたしが編み物をしているところに、子どもが勝手に倒れてきたんじゃないか」当の婆さんが言い、「だそうで〜す、迫力満点のお婆さんで〜す。あ、お爺さんがこけたあ〜。入れ歯、飛んだあ〜。子どもたち、すかさず寝技に入ったあ〜。ああ私、何やっているんでしょ〜。いいんでしょうか、こんなド迫力でいいんでしょうか〜。子どもたち、誰も泣きませ〜ん。強いです、強いです、お年寄りと互角の勝負をしていま〜す。ああみなさん、信じられない光景で〜す。元気というより、恐いで〜す！　ええーと、さっきからちょっと眼と鼻がぐずぐずしているんですが、埃でしょうか？　それに何か動物の臭いがしま〜す、臭いで〜す、さすが山奥で〜す。あ、市長さ〜ん、ちょっとお話を伺わせてくださ〜い。いやあ、すごいですねえ〜、この保育園児とお年寄りのコラボのド迫力、どうですか〜？」

するとと、市長は巨大マスクの下でずびずび鼻をすすりながら「いら、らいりらろろらろらりられ。あろ、られらろれれれろれ」で、横から秘書が通訳して曰く「いや、我ながら大成功だったと思っております。次の選挙はどうかよろしく」

「なるほど。いま現在、園児の定員は二十名だそうですが、さっきから見ていますと、ちょっと多くないですか〜？　数えたら四十三人ほどいますけど〜」

「ろれら、ろれらろるりれる。ハックション！」訳して「それはもぐりです」

「なるほど、人気なんですねえ〜。ここに子どもを預けたいという希望が内外から殺到しているそうですが、どう思われますか〜？」

「らりるれら、れれろれろ。ハックション！」訳して「千客万来。市民税ガッポリ。ハックション！」

「なるほど。儲かりますね〜ハックション！　失礼、それでは保護者の声も聞いてみましょう〜。お父さん、お子さんの様子をご覧になってどうですか〜？」

「自分の子と思えない過激な変身ぶりに感動しました、ハックション！」

「なるほど、お母さんはいかがですか〜？」

「あんなにアトピーのひどかった子がこんなに元気になって感激です〜。さっきから感動で眼がかゆくて涙が止まらなくて〜。ハックション！」

　さらに保護者からは「過激で期待できる」「ワイルドで実に感動的」「本能で生きる強さが感じられる」といった声が次々に飛び、そこにハックション、ハックションとくしゃみが重なったおかげで、「後期高齢者の声を無視するとは上等じゃねえか」「お姐ちゃん、いいケツしているねえ」「酒よこせ〜」といった年寄りたちの野次もかき消された上に、園児数人のお尻に尻尾が生えているのも気づかれることはなく、本来なら絶望的カオスになるべき状況がちょっとした騒然に留まったのだったが、村にとってそれが幸運だったのか不運だったのかは、微妙なところだ。

ともあれ、園児たちは四つ足どもに手際よくオムツを替えてもらい、お昼はタヌキ一家のお手製のヨモギ入りタヌキ蕎麦とハーブティーという、ふだんとは違うロハスなスローフードとなって、「カッコつけてんじゃねえよ」「豚骨ラーメンはどうした」「ビールはないのか」といった年寄りたちの声と、「シェイクでなきゃいやだ〜」「チョコレート〜」「ポテチちょうだ〜い」の園児たちの声は、善意の塊のタヌキの保育士たちにやさしく無視される恰好となった。一方、そのお昼のメニューが保護者たちを大いに感心させたのは言うまでもない。

かくして保護者参観は、ヘリウム市長の「るりろれんろらろろりる〜！」訳して「次の選挙はよろしく〜！」の一声で無事締めくくられたのだが、村の年寄りたちにとっては、まさにどうしてこうなるのだという結末だった。もとよりタヌキもクマも一生懸命にやってくれたのはありがたいが、こんなに保護者を喜ばせたらまずいのだという人間の事情が、彼らに理解できるはずもなし。それを思えば、彼らに丸投げして楽をしすぎた人間の側の自業自得とも言えたが、しかしそうだとしても、四人組を悩ませていた当初の疑問はなおもそのまま残っていたのであり、ここであらためて立ち止まることになったのは、いわば自然の成り行きというものだった。

つまり、こうだ。粗暴と活発の区別がなく、過激さにそのまま感動し、アトピーと言いつつ実は動物の毛はけっこう平気らしい、彼ら保育園児とその保護者は、どちらも一寸風変わりすぎてはいないか――？　『子育てのカオス』というふざけたネーミングに反応もせず、砂糖の塊のチョコレートやシェイク漬けでも健康を害さず、プロレスでは年寄りと互角に渡り合い、保育士がタヌキやクマでもまったく意に介する様子もない、あの園児らはいったい何者なのだ――？

翌日も、さらにその次の日も、園児たちは変わらず登園してきて、四人組の自問は繰り返され、答えのないまま疑惑は深化していった。そうしてある日、ほとんどかたちもない、漠とした疑問がすうっと四人組の脳裏を横切っていったと同時に、背中に視線を感じて振り向くと、最年長の五歳児三名が立っていて、こちらをじっと見ているではないか。そしてその口から出た一言はこうだった。「お互い、大人には苦労するよね」

「私らも大人だが――」元村長が言うと、「歳食ったガキじゃん」五歳児は一蹴し、ニッと笑う。そこで元村長らはあらためて眼と鼻の先に並んでいる三つの小さな顔を眺め、いつからこうだったのか、猫の眼のように縦に収縮するその瞳孔を眺め、いままさに自分たちは何とも形容しがたいものと相対しているのだということを自分に確認したのだった。そうして元村長は再びおもむろに口を開いて言ったものだった。「よく言うよ。君らこそ、オムツ臭いオッサンじゃないか。大人に苦労するって?」

「まあね」五歳児たちは応じ、タバコの代わりにポッキーを齧《かじ》りながら、「だいたいさぁ――」と言いだすのだ。「四つ足もイルカやクジラも、生まれてすぐに歩いたり泳いだりするのに、人間だけ一年もオムツ付きで転がっているなんて、おかしくない? しかも、百年近く生きるといっても終わりのほうはまたオムツ付きなんだ。笑っちゃうよね。考えるだけでも面倒だし、意味不明だし、ぼくらとしてはどうせならもっとほかの生きものになりたかったけど、パパやママが言うには、人間をやっているのが一番楽なんだって。あんたたち、どう思う?」

「そいつはどうかな。たとえばこの村の四つ足どもは十分仕合わせに暮らしているし、逆に私ら人間は、この巨大な大脳皮質と前頭葉のおかげで、悩まなくてもいいことに悩んでおるのだ。たとえば、君らだ。さあ、そろそろ正直に話してもらおうか。君らと君らのパパやママは、いったいどこから来たのだ?」

「E・Tみたいに言うなよ。ドキンUFOやバイキンUFOに乗ってきたわけでもないし。まあ、パパやママたちはどうだか知らないけど、ぼくら子どもはべつに地球を侵略したいとは思わないし。ドラえもんとアンパンマンとプリキュアと、チョコとポテチがあれば、ぼくらはとりあえず仕合わせさ。学校に行くころにはまた考えは変わっていると思うけど、ふつうの人間みたいに歳を取らないから、それも二十年か三十年先の話だし」

五歳児らがそう言ったところで、郵便局長が素っ頓狂な声を上げた。「なに――？　二十年か三十年？　それまでずっとこの保育園にいる気か――？」

「そのつもりだけど。ここ、居心地いいし」

「冗談は顔だけにしてほしいよ。二十年もあんたたちのオムツを替え続けろって？　親を呼んどいで、親を」キクエ小母さんも言い、「だからボランティアだったのだ。まんまとヘリウム風船にはめられたってことだ」元助役が言うと、「断っておくけど、ヘリウムはぼくらの仲間じゃない。ぼくらの脳味噌はあそこまで軽くはないよ」五歳児が言い、そこで四人組は声を揃えて言ったものだ。

「へえ君ら、脳味噌あるんだ――」

「あるよ。見たい？」五歳児が言い、「見たい」四人組は再び声を揃えたが、続く数十秒間についてはどこからか発せられた電磁波で一斉に記憶が飛んだため、五歳児らの脳を見たこと、あるいは見ようとしたことを四人ともまったく覚えてはいない。世の中、うまく出来ている。

ともあれ、こうして人間ではない園児たちと初めて若干の意思疎通を図れたのは前進ではあったが、保育施設の存在そのものが迷惑であることに変わりはなかったし、園児たちが人間のようには成長しないとなると、問題がさらに重大になったということでもあった。ともかく、何がなんでも施設を閉鎖に追い込まなければならなくなったのだ。

さて、どうするべきか――。四人はあらためて額を寄せ合った。いっそタヌキやクマの写真をネットに流し、「こんなところに保育施設があってよいのか」とフェイスブックに書き込むか。市長がいくら鈍感でも、一般人の反響が大きくなれば無視できないのではないだろうか。否、そんなに悠長に構えている場合だろうか。地球外生命体がひそかに繁殖して地球を乗っ取ろうとしているかもしれないときに、まずは自分たちが立ち上がらなくてどうする。否、山のジジババにそんな義務はないし、園児らにも罪はないのではないか。否、あれは園児ではなく、あくまで宇宙人なのだから、やはり退散してもらわなければなるまい。しかし、どこへ？

いざとなれば、四人組の答えは簡潔だった。あの園児たちにはドラえもんとアンパンマンとプリキュアと、チョコとポテチがあればいいのだから、日本のどこへでも移動はできるだろう。とにかくこの村以外のところへ行ってもらえれば、それでよいのだ。そうだ、この際、たとえばバイパスの向こうの旧隣村で手を打っても――。そう思い至るやいなや、四人組の手はそれぞれ携帯電話を開いており、元村長は旧隣村の顔役へ、元助役は市役所の現助役へ、郵便局長は先般の地元テレビのレポーターへ（いつの間にかメアドを交換していたらしい）、そしてキクエ小母さんは村一番のお喋りのトモエ婆さんへ、あることないこと吹きまくったのだった。

「おい、先般のテレビを観ただろう。あの大人気の保育施設を市が拡張するというんだが、生憎うちには土地がない。そこで、悔しいがお宅のところの旧村役場を市長に推薦しておいたから。なに、子どもらはドラえもんとアンパンマンとプリキュアのビデオを見させて、チョコとポテチで餌付けしておけば楽勝よ。それにお宅のところには、うちが返却した出戻りのダチョウもいるし、保育士はタヌキとクマを貸し出すよ。メシさえたっぷりやっておけば、よく働く連中だ。内外から応募者が殺到しているから、がっぽり儲かるぞ」元村長は言い、

「おい、例の保育施設だが、旧隣村が是非うちにと言っているから、拡張を機に向こうへ移設してはどうかな。あっちはなんといっても国会議員の金太の地元だし、市長はいずれ国政を狙っているんだから、顔をつないでおくのも悪くない。お宅もちょいと恩を売っておくときだよ」元助役は言い、

「やあ、お嬢さん。相変わらず可愛いなあ、声だけだけど。いや、大した用じゃないんだが、例の保育施設が旧隣村に移るって話、聞いている？　なに、金太先生の引きがあったって話さ。うちは残念だが、向こうはダチョウ牧場もあるし。ところで今度、ドライブでもどう？」郵便局長は言い、

「ねえねえ、トモちゃん。あのヘリウム、自分は結婚もできないくせに『子育て世代にやさしい田舎宣言』をぶち上げたりして、怪しいと思わない？　少子化で早晩ジジババしかいなくなるのに、いまさらどうでもいい保育施設なんかつくったのは、いずれ潰して火葬場にするために決まっているけど、誰も死なない村に火葬場なんて。葬儀会社からいくら貰ったのか、聞いてみたいものよ、まったく。そうそう、そういうわけだから隣村の金太のところへ熨斗《のし》付けて差し上げようって話をしていたの。笑えるでしょ！」キクエ小母さんが言い、はたして一週間後には保育施設の移転話は尾ひれがついて広まっていたと同時に、誰がどこでどう動いたもの

やら、いつの間にか金太先生本人が出てきて、『子育てのカオス&あの世にもっとも近い姥捨苑』あらため『すこやか&ぽっくり苑』はめでたく旧隣村に移っていったわけだった。

ちなみに、タヌキどもによると、かの園児たちはダチョウをいたく気に入った様子で、しばらく機嫌よく暮らしていたが、インフルエンザが流行りだした晩秋のある日、保護者ともども忽然と姿を消してしまい、青ざめたヘリウムが青洟《あおばな》をずびずびすすりながら、「らいろうる、ろいぐろをかろうばびづぐりがえる（大丈夫、保育所を火葬場につくりかえる）」と市議会で叫んだそうだ。

四人組、伝説になる

夏の初めのことである。元助役が集落のシルバー会費の出納帳を前に、算盤を二度三度弾いて天井を仰ぎ、おもむろに鼻の穴をおっぴろげて「諸君、朗報だ」と告げた。続けて曰く、「結論から言うと、本年度分のシルバー会費の収支を括ったところ、最終的に八万五千円の残が出た。そこに去年の繰り越し分を足すと、しめて十二万九千円。私の計算では、これは運転手付き大型観光バス一台を一日貸し切りにしてお釣りのくる金額ではあるな——」

終わりまで聞く必要さえなかった。元村長らは光速で反応し、日帰り温泉旅行か、東京スカイツリー見学か、ディズニーシーか、いやいや、やっぱり野外フェスでしょ！ 余った金の使い途の思案ほど楽しいものはない。早速その場で簡単なアンケート用紙をつくり、集落のシルバー会会員四十二名に配ってアイデアを募ったところ、順当に——というより、一筋縄では行かない村にしては珍しく、死ぬまでに一度は東京スカイツリーに上っておきたいという殊勝な声が多数を占めた。この結果は四人組には少々予想外で、梅雨明けからの猛暑のせいだとか、ジジババがこんなに気弱になったら棺桶はすぐそこだとか、負け惜しみの悪態をつかずにはいられなかったが、多数決は多数決だ。

かくしてシルバー会の慰安旅行は、ひとまず無難なところでスカイツリー見学を目玉にしたお江戸バスツアーという路線に決まり、直ちに郵便局長の軽自動車を先頭に、集落のジジババたち二十名あまりが軽四輪を連ねて町の旅行代理店へ詰めかけることとなった。なにしろ、こんな大事なことを人任せにしていては後悔が残る。あれもしたい、これもしたいが、B級グルメと買い物と名所見学を詰め合わせた巷の日帰り旅行の類は反吐《へど》が出る。自分の小遣いをはたいて行く旅行なのだから、ここは何がなんでも豪華絢爛、はらはらドキドキ、ピッカピカのツアーでないと冥土の土産にならない、というものだ。そして、低料金で盛りだくさんのサービスを実現するためには一に交渉、二にごり押し。元村長以下、それはそれは気合が入っていたことだった。

「いらっしゃいませ、ご旅行でいらっしゃいますか」窓口の娘が顔を引きつらせてつくった笑顔に、元村長が「ちょいとお江戸見物に」と斜に構えて応えると、奥にいた年増のベテランがすかさず割り込んできて曰く、「そうですねえ、東京方面ですと、お盆に間に合う豪華療養施設見学&温泉ツアーというのがお得でございますよ。人生最後の旅シリーズですと、豪華バンジージャンプ体験&スイカ食べ放題ツアーもお薦めでございますし、お安いところでは、豪華墓地霊園巡り&スイカ食べ放題というのもございますが。こちらはすべて医師・看護師付きで、いまお申し込みいただきますと料金三割引きとなっております、はい」

そこで二秒の微妙な間を置き、元村長がいよいよ口火を切って言った。「お江戸でバンジージャンプというのは、なかなか面白そうだが、その前にまずは今生の思い出に東京スカイツリーに上りたい。もちろん待ち時間無しで、だ。次に、二十一世紀の東京でいま一番スタイリッシュなスポットはどこかね？　やはり表参道ヒルズか、それとも東京ミッドタウンかね？　それから、お昼のミシュランの三つ星レストランは外せまい。カンテサンス、ジョエル・ロブションや、すきやばし次郎に麻布幸村、神楽坂石かわ。個人的には麻布台の雅山《がざん》で焼き肉をがっつり、というのも捨てがたいが、とまれ私たちの舌は騙せないからそのつもりで。そうそう、胃袋も学生並みにでかいので、念のため。さてそれから、心臓がばくばくするようなアトラクションも必須だが、これは東京ジョイポリスで決まりだろう。絶叫マシン系のヴェール　オブ　ダークとか、貞子3Dとか、あの世への手土産にちょうどいい感じだ。それから——」

「なるほど、あの世への手土産というより、要は速攻で昇天したいということでしょうか。とはいえ、年寄りの冷や水という言葉もございますし。東京ディズニーリゾートならともかく、東京ジョイポリスは思いっきり若者向けですから、冷や水どころか氷水になってしまうかもしれません。そうですねえ、どうしても心臓ばくばく系をお望みでしたら、東京ドームシティかとしまえんのお化け屋敷のほうがまだ、皆さん向けかと思いますが、残念ながら、お化け屋敷のツアーにはスイカ食べ放題が付いておりませんで」

「べつにスイカにはこだわらない」

「こだわらなくても、夏はやっぱりスイカ。スイカのない夏なんて、まるで翼の折れたエンジェルですわ。そういうわけで――日帰りバスツアーで東京見物となりますと、スカイツリー見物をメインにした場合、まずはソラマチでお食事とお土産。浅草の仲見世から浅草橋、楠木正成像に皇居前広場の二重橋、もしくは銀座散策といった、当たらず障らずコースにスイカ食べ放題を付けてはいかがでしょうか。いや、まだまだ若い者には負けないということであれば逆に、最初にご案内させていただいたバンジージャンプ体験付きの人生最後の旅シリーズがございますし、豪華墓地霊園巡り＆スイカ食べ放題というのも、実はけっこうなホラー趣味だということで、なかなか寒いと評判でございまして」

なるほど、こいつは霊園かスイカ農園からリベートをもらっているのだとジジババたちは納得する一方、ならばこちらも遠慮は無用とばかりに一斉に口を開いて、しばし蜂の巣をつついたような騒ぎとなった。

「そうそう、夏はやっぱりスイカだよ。どうせなら表参道のアニヴェルセルカフェでスイカを食らって、ついでに種飛ばしだ、イェイ」「あたしゃ利尿剤呑んでいるから、スイカはパスだよ」「パスと言えば、楠木正成も二重橋も勘弁してほしいよ。やっぱりフィギュアなら、お台場のガンダムでしょ」「情報が古いねえ、この夏のお台場はアイドルフェスティバルだよ」「子どものなま足にも、それを見て喜ぶ変態にも用はないよ。生アイドルなら、日産スタジアムの東方神起で決まりだね。あたしゃ絶対、チャンミンだから」「日産スタジアムなら、この夏はサザンだろ」「だから夏の野外フェスは外せないって言ったじゃないか。冥土への土産なら東京スカイツリーより、サマーソニックだ。ロックが熱いぜ、ベイビー」「そうそう、メタリカにペット・ショップ・ボーイズでギンギンよ」「ギンギンより、うちの山はポンポコよ」「お宅はモモヒキだろう？」「そうそう、ももクロよりモモヒキよ、やっぱり」「姐ちゃんは二十歳以上、二十八歳未満でよろしく！　それ以外はもぐりだ」「やっぱり若い姐ちゃんのいない夏なんて、夏じゃない」「ほんと、若い男のいない夏なんて、缶詰のチェリーの載っていない冷や素麵だよ」「分かる、分かる。ウォンビン、ヒョンビン、ドンウォン、ドンゴン。早口言葉じゃないよ、愛しい男たちの名前がこんなふうなのはあたしのせいじゃないから。それに男は顔がすべてだよ、やっぱり」「分かる、分かる。やっぱり炊きたてご飯にキムチだよ。冷や素麵にチェリーよりずっと肉食系だし」

「諸君、静かに――」

ひとまず元村長がその場を制して、みんなの声をまとめに入った。「ざっと聞いたところでは、まず東京スカイツリーへ上ったあと、お昼は三つ星レストランより肉食系の韓国料理かイタ飯。それから表参道ヒルズでショッピングを楽しみ、アニヴェルセルカフェでスイーツを食って、お台場は東京ジョイポリス。あるいは、日程が合えば日産スタジアムのサザンか東方神起、もしくは幕張のサマーソニックのどれかへ行くという手もあるし、東京ジョイポリスへ行く組と野外フェスへ行く組で分かれてもいいだろう。どうかね？」

「分かっていると思うが、バスガイドは二十代限定で」という郵便局長の一言と、「忘れないうちに言っておくが、トイレ休憩は多めに」という元助役の一言、「念のため、らくらくパンツも忘れずに」というキクエ小母さんの余計な一言が入ったほかは、大きな異論も出なかった。

「では、スイカのお姐さん！　いま私が言ったような感じで一つツアーを組んでみてくれたまえ。観光バスのチャーター代、夏フェスのチケット代、東京ジョイポリスのアトラクション代は別で、一人一万円が上限だ。参加人数はだいたい四十名ぐらい。いつぽっくり行くか分からないジジババ相手だから、当日まで最終的な人数は分からないが、そのへんは適当に。あ、それから車内は呑み放題の滋養強壮剤のドリンクバー付きで。なんなら、車内限定でスイカの食べ放題を付けてもいい。ただしガイドさんの独りカラオケと、しけたビンゴゲームは無用だから。以上、頼んだよ」

というわけで、集落始まって以来の夏の一大イベントの噂は、野を越え山を越えて旧隣村にもひろがり、大いにみんなを羨ましがらせることとなったが、旅行会社のツアー企画案もまだ上がってきていなかったある日、集落の外れに棲む四つ足一家の父さんが、麦わら帽に口髭というカールおじさんの恰好で旧バス道に現れ、郵便局兼集会所の戸口に立ったのだった。そこで、「とっつぁん。何か用かい？」元村長が声をかけると、タヌキの父さんは柄にもなくもじもじして「あのぅ、お江戸バスツアーとやらに、私らも混ぜていただくわけにはいきませんかね――」ときた。

「へえ、あんたらの間でも東京スカイツリーは人気だってことかね。なるほど、人間はどえらいものを造ったってことだ、そいつは。なに、ツアーに参加するのは構わんが、代金が一人一万円ほどかかるよ。それは承知かい？」と聞けば、「それぐらいは何とかなります。私らも、なんちゃってハーブのネット販売で少しばかり儲けさせてもらっていますし――」と父さんは言う。そうだった、ハーブ園だけではない。この子沢山の一族は、四十八匹の子ダヌキどもにご当地ユニットのTNB48を結成させて、いまではけっこう売れて稼いでいるのだと元村長らは納得する一方、なんとなく父さんの様子がおかしいことも見逃しはしなかった。

「そういう次第ならいつでも歓迎するが、何か思うところでもあるのかい？　たまには旅行にでも連れてってと奥さんに迫られたとか。浮気を見つかった埋め合わせに、奥さんに旅行をプレゼントするとか。あんたもここへ来て人生の転機というやつを迎えているとか――」

「いやいや、いつもお世話になっている皆さんだからお話ししますが、最近うちの子どもらの様子がちょっと気になりまして。アイドルユニットで歌って踊って楽しくやっているのかと思ったら、この数カ月というもの、なんとなく元気がなくて、食欲もなくなって痩せてきたんですよ。医者は思春期の憂いだと言うんですが、タヌキに思春期と言われましてもね。それで、先月ついに私と女房が子どもらに会いに行って朝まで話し込んだところ、どうやら子どもらは芸能界がしんどくなってきたみたいで――」

「だから初めに、あたしらはあまり賛成しないよと言ったのに。そもそも可愛い女の子を四十八人も揃えて、わざわざエロ親爺を喜ばせてどうするのさ。そんなものを商売にするギョーカイ自体、ろくなものじゃないのは分かりきった話じゃないか」キクエ小母さんが珍しく正論を吐くと、すかさず郵便局長が口を尖らせて曰く、「言っておくが、私は二次元限定だよ。三次元なら二十代限定だ。間違えないでくれたまえ！　それよりとっつぁん、まさかとは思うが、あのポンポコたちがそういう類の被害に遇ったのかい？」

「いやまあ所詮はタヌキですんで、そこまでは──。しかし聞いたところでは、うちみたいなローカルご当地ユニットでも、プロデューサーがＡＫＢを真似てセンターを決める総選挙をやったり、ＣＤの売り上げを競わせたり。もとが何にも知らない、子ダヌキたちですから、初めのうちは楽しんでわいわいやっていたようですが、〈勝った・負けた〉をやっているうちにだんだんぎすぎすしてきて、気の弱い子はステージに立てなくなるし、しっかり者の子はしっかり者の子で、自分たちは何をしているんだろうと疑問を感じ始めたようで、そんなこんなで元気がなかったというわけです」

タヌキの父さんは語り、四人組もスイカを食っていた手をいつの間にか止めて真顔になっていたものだ。古い付き合いになるご近所さんでも、外からは分からないこともあるのが他人の生活というものだが、ステージパパで手広くやっているのだと思っていた父さんの話には、案の定ちょっと驚かされたからだ。それに、他人の家庭の事情というやつは何にしろ蜜の味でもある。

父さんの話は続く。「まあそういうわけで、私も女房も子どもらがかわいそうで、思わず泣いてしまったものでした。おまけに、そんなに辛い芸能界なら、いつでも辞めて山へ帰っておいでと言ったんですが、子どもらはせっかくつかんだチャンスだから、と言う。いずれは全国区になってお金を稼いで、私ら親に楽をさせてやりたいと言うんですよ。いや、子どもらがいくら親孝行をしたいと言ってくれても、親としてはこのへんが潮時だと思っております。子どもらとも話し合って、TNB48はいったん卒業しようということで、納得させたところです。子どもらも、そうと決まったらほっとしたようで、あとは解散の時期だけの問題なんですが。――ああ、そうでした。今回、皆さんのお江戸バスツアーに混ぜてほしいと言いましたのは、奇遇というか何というか、実はうちのポンポコたちのTNB48がこの夏のアイドルフェスティバルに出場が決まりまして――」

何だって？　アイドルフェスに出る――！　元村長らに加えて、ちょうど集配にやってきた郵便局員のタニシも一緒に叫んだ。あのポンポコ48がお台場に！

「いやまあ、お台場はお台場でも、海浜公園の隣の潮風公園ですし、こっちは無名で無料の、夏祭りに毛の生えたようなアイドルフェスですけど」と父さんは謙遜してみせたが、カールおじさんの髭の輪がとろとろに溶けだしそうになっていたものだ。「本家のアイドルフェスのほうと比べたら月とすっぽんですけど、一応地方局での実績もありますんで、二十組ほど出場するなかの大トリだそうで、はい。ほんと、これも皆さんの長年のご支援のおかげです。それでまあ、私ら家族も最初で最後の応援に行ってやろうかと思いまして、それでもし日が合うようならバスツアーに同乗させていただけないかと、まあそんな次第です」

「俺、応援に行きまっす！　センターのモモヨちゃんのファンっすから、かぶりつきで応援しまっす！」タニシが早速、直立不動で手を上げた一方、四人組もそれぞれに思うところがあったのだが、元村長はあえて慎重に探りを入れて曰く、「つまりとっつぁん、子どもらの最後の晴れ舞台を盛り上げたいわけだな？　だったら、ただステージを見にゆくだけでは足りんだろう」

「と、言いますと？」

「いやなに、あの手のアイドルのステージを盛り上げるにはいろいろ仕掛けがいる、という話さ。このあたりのことは郵便局長が詳しい」元村長は言い、郵便局長がそれを受けておもむろに口を開いたものだった。「アイドルはファンがつくり、ファンが育てる。またファンはアイドルがつくり、アイドルが育てる。とすれば、そこにさまざまな流儀や掟があるのは当然だろう。これを、アイドルオタクの哲学という。たとえば、ステージを盛り上げるためのヲタ芸の振り付け。ルミカライトや団扇の使い方。お揃いの衣装。出待ち・入り待ちや握手会の作法などなど、これを知らなければアイドルフェスではもぐりと呼ばれる。あ、ただし私自身は二次元限定だからね！　十代のお子ちゃまに食指は動かん。なま足なら、ボン、キュッ、ボンの二十代限定で頼む。女性は三十を過ぎたら、あとはみな一緒。なに、ＴＮＢの子ダヌキたちのステージを盛り上げる話ならいつでも相談してくれたまえ。どこへ出しても恥ずかしくない超一流のヲタ芸で決めて、本家のアイドルフェスを青ざめさせてやろうじゃないか。と言っても、総勢何人かな？　人間のジジババが約四十。タヌキのとっつぁんのところが――」

「うちは、私と女房と、女房のジジババと――」

父さんが指折り数える端から、キクエ小母さんが曰く、「みんな、けち臭いねえ！　近所のお子たちの引退記念公演じゃないか。山の四つ足、みんな呼んでおやりよ。会場でグッズを売れば、バスの二、三台貸し切ったってお釣りがくるよ。いいかい、お江戸バスツアー転じて、ポンポコ48応援ツアーで決まりだよ！　チャンミンやサザンは来年も見られるけど、ポンポコたちのステージはこれっきりなんだから」

「ただし、あくまで品良く、格調高く行くのだ。十代の女の子たちのなま足が乱舞している会場で、けっして正気を失わないように」元村長が言い、

「さて、そうと決まれば、まずは旅行会社に計画変更の連絡を入れて、次に集落のジジババと山の四つ足たちを招集して説明会。それからグッズの選定と準備に横断幕の制作。応援の振付けの練習会――」と元助役が指折り数え、

「練習会は俺も参加すっから！」タニシが早速足を開いて腰を落とし、ブンとぶん回した両腕の先の人指し指を頭の斜め上に突き上げて左、左、右、右、左、右、左、左とヲタ芸を打ってみせると、今度は郵便局兼集会所の窓からシカとリスとイノシシが顔を突き出してきて、「ポ

ンポコたち、解散だって？」「お台場で引退公演だって？」「山鳩の兄弟が、いましがたここの屋根の上で聞いた話だって、山じゅうに触れ回っているぜ」

山の噂話は、地虫から鳥まであっという間に伝わり、広がる。これでいよいよ退《ひ》けなくなったとばかりに、タヌキの父さんは鼻の穴を膨らませてフム！　と気合を入れると、「みんなまとめて、このタヌキ山がどんと面倒をみますんで、盛大にアイドルフェスへ乗り込んでやっておくんなさいまし。よろしく頼みましたよ！」

「さあ、とっつぁん。忙しくなるよ！」元村長が威勢よく締めて、タヌキの父さんは今度は涙目でぺこぺこお辞儀をして旧バス道を飛び跳ねながら帰ってゆき、四方の山間では四つ足たちの「東京だあ」「お台場だあ」「ポンポコだあ」という歓声が谺《こだま》したわけだった。

さて、それからポンポコ応援ツアー当日までの約一カ月というもの、村じゅうがTNB48の最終公演を飾るためのさまざまな準備に明け暮れ、盆と正月が十年分まとめて来たような多忙さだった。早朝から、空き地では本家AKBの『ヘビーローテーション』に合わせてヲタ芸を打つ特訓があり、ジジババたちと四つ足たちがいっせいに腕をぶん回し、右へ左へ人指し指を突き上げ、天を仰いでハイハイハイハイ！　アップテンポの合いの手を入れてはまた指を突き上げ、左、左、右、右、左、右、左、左！　そこへ「もっと腰を入れろ！」「君ならできる！」「もっと華麗に！」と郵便局長の指導が入り、腰痛のジジババたちが「効く〜！」と悲鳴を上げる。

それが終わると、今度は旧村役場に集まって、みんなで揃いの猫耳ならぬタヌキ耳と尻尾のポンポコセットを全部で五百五十セット制作した。これは一セット三千円で、三百セットはグッズ販売に回されるが、応援団が身につける分はクマ用のサイズがあったり、リス用があったりとなかなか煩雑で、制作は出発ぎりぎりまでかかることとなった。また、電飾付きのきらきらの横断幕もつくったし、販売用のグッズとしてタヌキ一家の母さんがつくったタヌキのかたちのハーブ入りチョコクッキー五百円、持ち手がタヌキの尻尾のかたちをした特製マグカップ千円も用意された。

とはいえ、一番たいへんだったのがタヌキの父さんだったのは間違いない。なにしろ自分の一族を含めて山の四つ足二百匹を東京へ連れてゆくとなると、野外フェスが無料でも、弁当代だけでも五、六十万円にもなる。そこに大型観光バス三台の貸し切り代金が約三十万円。東京スカイツリーの天望回廊の料金が大人二百人分で七十二万円。リスや野うさぎなどを子ども料金にすればもう少し抑えられるかもしれないが、ほかにもポンポコセットをはじめグッズの材料費が約二十万円かかる。ここは大事な子どもたちの名誉のためにも、葉っぱで済ますというわけにもゆかず、どうやら農協で虎の子の貯金をはたいたという話も流れたが、ともかくタヌキの父さん、頑張った。そしてもちろん、四つ足たちもジジババたちも、身体じゅうに膏薬を貼りまくって頑張った。

もちろん、これだけでは転んでもただでは起きない四人組がただの〈いい人〉になってしまうが、そんなことがあるわけもなし。言い出しっぺのキクエ小母さんをはじめ、珍しく積極的だった元助役も、いつも以上にノリノリだった郵便局長も元村長も、タヌキ一家を応援するという善意とはべつに、ちゃんと腹に一物があったことは断っておかねばならない。

かくして三十日の昼と三十日の夜が過ぎ、出発の日の朝が来た。旧バス道に勢ぞろいした大型観光バス四台には、賑々しくも《祝TNB48最終公演！》の横断幕。頭にタヌキ耳、お尻にタヌキの尻尾というポンポコセットで決めた参加者の総勢は、人間四十名、四つ足二百匹。否、正確には四つ足ではないキジとアヒルと旧隣村のダチョウが二羽ずつ混じっていたが、どういうわけでそうなったのかは分からない。とまれ、その四十名と二百匹と六羽がTNBのテーマカラーのピンクの小旗とピンクのルミカライトを手に、のっけから泡を噴きそうなツアーガイドのお姐さんたちを尻目に意気揚々とバスに乗り込んだのだったが、それだけでもう、山が踊りだすような騒ぎとなったのは言うまでもない。ガイドのお姐さんたちも、ガイドどころか「食い散らかさない！」「お粗相しない！」「オナラしない！」「毛繕いしない！」「吠えない！」と叫びっ放しで、サービスエリアのトイレ休憩ではさらに「四つ足で歩かない！」「嚙みつかない！」「拾い食いしない！」「おしっこはトイレで！」という絶叫になったものだった。もっとも人間のほうも、滋養強壮剤の車内ドリンクバーがいつの間にかビール＆焼酎にスルメや柿ピーが飛び交うスナック状態になり、食べ放題のスイカの種が飛び、懐メロとアニメ主題歌のカラオケ大会が始まったかと思えば、花札やチンチロリンに興じる席もあるという具合であり、おまけにどのバスでも、獣臭さと酒臭さを消すためのアロマ消臭剤があっちでシュ〜ッ、こっちでシュ〜ッ。

　かくして山を出発して三時間。観光バスは無事、東京スカイツリーのバス専用駐車場へ到着し、一行は一階団体フロアに勢ぞろいして、順次エレベーターに乗り込んだわけだが、もちろんすんなりと運んだのではなかった。念には念を入れていたのに、やはりというか、案の定というか、イノシシとシカがうっかり人間に化けるのを忘れていたため、入り口で「四つ足はダメ！」と制止され、あわてて人間に姿を変えると、今度は係員のほうが泡を噴いて卒倒するという一幕もあった。また、途中で尻尾を出す者、毛を生やす者、吠える者などが続出して、そのつど周囲では叫び声が上がる騒ぎとなったが、それだけではない。なにしろ、タヌキ耳と尻尾を付け、ピンクの小旗とルミカライトを手にした四十人と二百匹と六羽だ。その光景たるや、壮観というよりこの世のものとも思えない阿鼻叫喚の混沌で、居合わせた数千人の観光客たちがスカイツリーそっちのけで《写メ》を撮りまくり、SNSで呟きまくることとなった。そしてその結果、十五分と経たないうちに在京のテレビカメラや新聞記者が飛んできて、団体フロアはたちまち有名人を出迎える空港の到着ロビー状態になり、さて計算通りと見て取るやいなや、元村長はすかさず携帯マイクを手に、その場でDJポリスよろしく「お集まりの皆さ〜ん！」と一発かましたものだった。

「本来であれば元村長として、この場をお借りして、わが村の輝かしい歴史について一言述べさせていただきたいのは山々ながら、本日、遠路はるばる村の者がそろってお江戸に上ってきたのは、ほらこの通り！」

元村長は《祝TNB48最終公演！》のピンクの幟《のぼり》をテレビカメラの前に突き出してみせ、タヌキの父さんが腹をポンポコ叩いて、ジジババたちと四つ足たちが一斉にピンクの小旗を振ってみせるともう、あたり一面フラッシュの海だった。

「皆さん、質問は無し！　来れば分かる。観れば分かる。本日、午後四時、お台場は潮風公園の太陽の広場。最初で最後のポンポコ48、もといTNB48の引退記念最終公演だよ！　え？どうしてタヌキがいるんだ？　どうしてクマがいるんだ、って？　質問は無し！　というより、タヌキが見えるあんたの眼がおかしい。タヌキもクマも、いるけれども、いない。来れば分かる！　さあ、最初で最後の空前絶後のステージを逃すな！　それでは、お台場で会いましょう！」

もちろん、その前に四十人と二百匹と六羽は天望回廊に上り、地上四百五十メートルの絶景をたっぷり堪能していったのは言うまでもない。ジジババたちも四つ足たちも、あらためて世界の広さと自分の小ささに感じ入ったのか、ある者は「眼がくらみ足もふらつく齢《よわい》かな」などと一句詠み、ある者は山で留守番の仲間に見せてやりたかったと遠い眼をして嘆息し、かと思えば、生まれ変わったら鳥になりたいと呟くダチョウがいたりして、最後は実に神妙な表情で揃って記念写真に収まったのだが、その様子もまた観光客たちに《写メ》されて日本じゅう、いや世界じゅうに津波のように伝播していったのだ。

その後、四十人と二百匹と六羽は獣臭をまきちらしながら表参道ヒルズに黒山の人だかりをつくり、代々木公園でなだ万の季節の高級弁当を食べる間にまたさらなる人だかりをつくり、そのつど元村長らは《祝TNB48最終公演！》の幟を掲げて「質問は無し！　来れば分かる。観れば分かる。本日午後四時、お台場は潮風公園だよ！　Ｚｅｐｐ Ｔｏｋｙｏじゃないよ！」と繰り返した。もちろん、警官もたびたび繰り出してきて、そのつど「どこにクマがいるんだ？　誰がクマだって？　ちょいと毛深いだけじゃないか、失礼だね！」「お巡りさんも冗談きついね、本もののわけがないでしょ。二足歩行のイノシシがどこにいるというの。ほら触ってみる？　着ぐるみだよ、全部着ぐるみ！」といった具合で切り抜けたものの、お台場に到着したのは予定より一時間遅れの午後三時となってしまった。

そして、夏休みとアイドルフェスティバルが重なって大混雑の海浜公園を横目に、散歩の人影もまばらなだだっ広い潮風公園に入ったのだが、案ずるには及ばなかった。ここでも四十人と二百匹と六羽の行くところ、人だかりとカメラのフラッシュと《写メ》の渦ができ、顔写真入りの《祝TNB48最終公演！》のピンクの幟が躍ることとなったが、それこそまさにSNSの威力であり、また、四十人と二百匹と六羽がスカイツリーから表参道へと移動しながら、身をもってなし遂げた動員の成果でもあった。実際、本家のアイドルフェスのほうからも人が相当数流れてきたらしく、ステージが設けられた太陽の広場では予想外の人出に、首をかしげながら右往左往する主催者側の姿が見られたものだった。

とまれ、四十人と二百匹と六羽はそのまま物販ブースへ直行し、TNB48のテントに持参してきたグッズを運びこんだところで、満を持してピンクのTシャツと短パン姿のポンポコ四十八匹——否、四十八人が登場した。どういうわけか、真夏のお台場の空の下で見ると色黒の丸顔が粒揃いでかわいらしく、全国区の金太郎飴のアイドルたちと違って、けっしてそのへんにいそうな感じではない。むしろ造作の一つ一つが人間離れした——当たり前だが——磁力を発しており、きらきらした眼はまさに本ものの野生の輝き——これも当たり前だが——というやつで、彼女たちを幼いころから知っている四人組も思わず「凄い！」と洩らしたほどだった。

そして、そのポンポコたちが満面の笑顔で、こんにちは～！　みんな、会いたかったよ～！　こんにちは～！　声もまた粒揃いで、ころころ転がるような軽さだ。四十人のジジババたちも、二百匹の四つ足と六羽も、彼女たちを取り巻いた群衆もどっと感嘆の声を上げ、それがまたカメラのフラッシュを集め、《写メ》になり、凄い！　ポンポコかわいい！　ポンポコ凄い！

といった呟きがまた地球を駆けめぐる。

こうなったら、商店街の夏祭りに毛の生えた程度の粗末なステージも設備も、三流の無名アイドルたちも、まるで魔法使いの杖の一振りで、本家アイドルフェスに負けない勢いと賑やかさの粉を振りかけられたようなものだった。すなわち、初めは虫に刺されながらステージ前の芝生にまばらに散らばっていただけの観客たちが、四十人と二百匹と六羽が動員した数百人で一気に賑やかになっただけでなく、半時間後にはおよそ千人、TNB48のステージが始まる午後四時が近づくと二千人に膨れ上がって、そうなるとほかのアイドルたちのステージにも力が入る。もともと歌唱力とかダンスの能力といったものでは測れないアイドルたちのこと、一寸したきっかけで数倍、数十倍もの力を発揮する。そしてアイドルたちが弾けると、観客たちも弾け、ジジババと二百匹と六羽が率先してヲタ芸を繰り出すと、さらに大盛り上がりになって、いつの間にか人間も四つ足もなくなっていたのだった。ジジババ、凄〜い！　クマさん、カッコい〜い！　タヌキ、かわい〜い！　ダチョウ、イケてる〜！　観客から野次ならぬ歓声が飛べば、ジジババたちも四つ足たちも、Vサインでイェイ！　ほかのユニットのプロデューサーや主催者たちも、感動と興奮でイェイ！　二千人の観客たちも、もう誰も芝生に坐っている者はいない。全員がスタンディングで、飛んだり跳ねたりだ。

もちろん、その間も四人組は腹に秘めた計画を実行に移すべく、準備万端整えていたのは言うまでもない。

かくして午後四時、大トリのTNB48がステージに上がった。民放各局が中継のテレビカメラを回すなか、ピンクのキャップに、ピンクのTシャツ、ピンクの短パンに真っ白なソックスとスニーカーの衣装が、色黒によく映え、自動制御かと思うほどピタリと揃った身振りで、まずはジャンプ！　二千人が一緒にジャンプ！　みんな〜！　こんにちは〜！　二千人が一緒に、こんにちは〜！　センターのしっかり者のモモヨちゃんが一歩前へ出る。すかさず、タニシがモモヨちゃ〜んと絶叫し、二千人が続けてモモヨちゃ〜ん！　しかし、そこは子ダヌキ。あっさりしたもので、にこにこ笑って手を振りながら、またピョンとジャンプして叫んだ。「今日はわたしたちの最後のステージで〜す！　長い間のみんなの応援に感謝して、今日はめいっぱい明るく楽しく元気に歌いま〜す！　じゃあ、第一曲は『大声ダイナマイト』で〜す！　みんなも一緒に歌ってね〜！」

こんなふうにして始まったステージは、『ポニーテールと鉢巻き』『Everyday、おチューシャ』『山分けMaybe』『スカート、ぱらり』『会いたくなかった』と、どこかで聞いたような曲がテンポよく続き、二千人と二百匹と六羽はもはや区別もなく飛んで跳ねて叫び、大きなうねりとなって踊った。

さて、そうしていよいよフィナーレの『ベビーローション』となったときだ。アイウォンチュー！　アイニージュー！　アイラブユー！　アップテンポでサビが始まったと同時に、ジジババ四十名がステージに飛び上がり、ポンポコたちのバックで一斉に踊りだしたのだ。すると、間髪を置かずセンターのモモヨちゃんが紹介を入れて、「ザ・ジジババーズで〜す！」

会場がドッと揺れ、テレビのレポーターたちが声にならない声を嗄《か》らして「お年寄りが踊る！　クマにシカにダチョウが踊る！　吠える！　啼く！　凄い、凄い、ド迫力です！」

そして、アイウォンチュー！　アイニージュー！　アイラブユー！　再びサビに入ったときだった。四人組が計画し、事前にポンポコたちと打ち合わせをして決めていた当夜の最大の目玉が、二千人と二百匹と六羽とテレビカメラの前で披露されることとなった。ステージに三列に並んだポンポコたちが一斉にくるりと後ろを向き、お尻を振った次の瞬間、ボム！　煙とともにポンポコたちの姿は跡形もなく、代わりにそこにいたのは四十八匹の子ダヌキたちだったのだ。

そして、そのままかわいい子ダヌキたちがラストまで歌い続け、バックでは四十人のジジババたちが入れ歯を鳴らし、骨を鳴らして、腰よ砕けよとばかりに激しく踊り狂ったのだが、これが伝説にならないわけがない。

四人組、失せる——

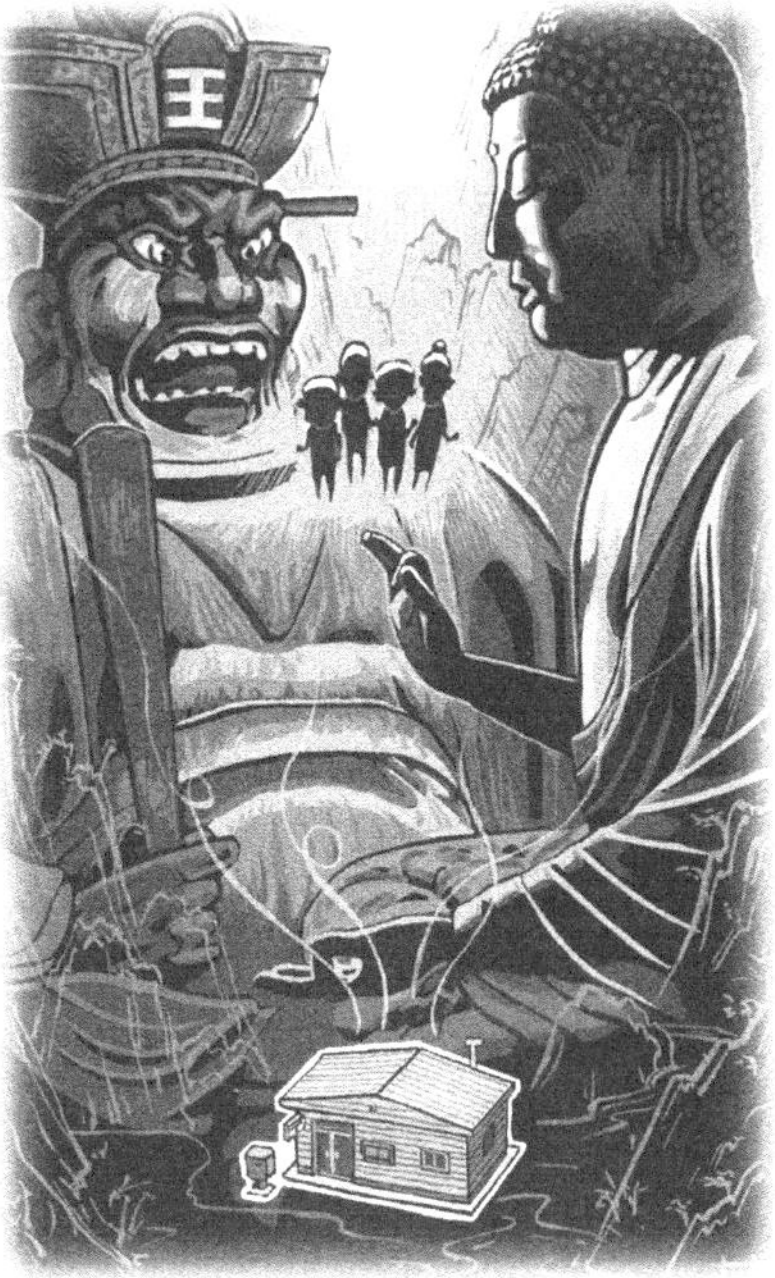

賑やかだった夏が過ぎ、ススキの穂がたちまち綿毛になって枯れ果てるころには、山間のわずかな田んぼも切り株だけになって、集落の軒先に干し柿の赤いすだれが揺れるばかりとなる。そして、秋祭りをかねた村の運動会も終わってみれば、冬眠や冬越しの準備に忙しい四つ足と鳥たちを除いて、ひまなジジババたちは初雪と年の瀬のほかには待つものもなくなり、そこはかとない寂しさがやってくるのだが、もちろん例外もある。そう、郵便局兼集会所で日がな一日ストーブを囲む元村長に元助役、そして郵便局長とキクエ小母さんの四人組は、冬枯れになってゆく山を仰いでは己が来し方行く末に思いを馳せたり、ちまちまと備忘録を読み返してみたりといった人生にはなおも完全に無縁であり、退屈や所在なさを託《かこ》つひまもなく何か愉快なことはないかと眼を皿にし、何も見つからなければ自分たちで愉快なことをつくりだすのに余念がないのだ。

とはいえ、あまりに長く生きていると遊びのネタも尽きてくるもので、パッとしたアイデアも出ない不調が数日続いたある日、四人が揃って同じ何者かの夢を見るという珍事があった。

もっとも、たいがい夢とうつつの境もないジジババの眠りのことだ。たしかに夢だったのかどうかもはっきりしない一方、四人が四人とも、夢に見たのは見知らぬ人物なのに既視感がある奇妙な感じを覚え、各々奥歯にものが挟まったような一寸した心地悪さを抱えて、翌朝、郵便局兼集会所に顔を揃えることとなったわけだった。

かくして、ひとまずいつものように元村長は自称『古事記』に匹敵するという始めも終わりもない壮大な村史の、書きかけの綴りをめくり、元助役はストーブの上の薬罐の蒸気に眼鏡を白く曇らせながら自称『風土記』ふうのブログの更新をし、郵便局長はいま一つ本調子ではないと感じながらも『ぷよぷよ!!クエスト』をやり、キクエ小母さんは新年を迎えるための新しい腹巻を編み続けるうちに、日はゆっくりと高くなっていった。そして、何かしら意識の片隅を過《よぎ》るものがあったか、各々ちらりと顔を上げて窓の外を見やると、その視線の先には旧バス道に立つ一人の男の姿がある。四人はほぼ同時に、「あ――」と声を上げたものだった。次いで、各々夢のなかで見たのはあいつかと思い、それからおもむろに四人で顔を突き合わせたのだが、それだけで自分たちが同じ夢を見たのだということを確認するには十分だった。

「で、誰だったかな――」「遇ったことがあるような、ないような――」「どうせろくでもない話さ、こんなしけた村に現れるんだから」「しかし、何だか気になる――」

旧バス道に立っている男は、一応足はあるので現身《うつしみ》ではあるらしいが、顔や手の皮膚は青く、白目が赤い。しかも、ありったけの絵の具を全部混ぜたような泥色の道服のようなものをはおっていて、頭には烏帽子《えぼし》とも冠ともつかないものを載せて、手には笏《しゃく》という出で立ちだ。それを見れば、少なくとも巷の旅行者などでないことだけは明らかだった——否、人間ですらないことも一目瞭然ではあったが、そこはこの村ならではの不可思議としておこう。とまれ、そうこうするうちに男はぞろりと足を踏み出して郵便局兼集会所にやってくると、大仰な見かけに似合わないいまにも消え入りそうな掠《かす》れ声で言ったものだった。「誠に不甲斐ない話ではあるが、朕は腹が減って死にそうなのだ。ここに食うものはないかね？」

出た——。朕、だと。凄いね、こいつは。元村長らは一寸顔を見合わせたが、さすがに世馴れた四人組ではある。キクエ小母さんが速やかにあごをしゃくって曰く、「ふかし芋か草加せんべいでよければ、ほら、その机の上に。あ、ただしそのせんべいは入れ歯では無理だよ、念のため」

そうして何食わぬ顔で再び編み針をチクチク動かし始めたキクエ小母さんに軽く一礼して男はふかし芋にかぶりつき、「ゆっくり食いな。芋は逃げない」元助役が湯飲みにお茶を注いでやったところで、元村長がぽんと手を叩いて深くうなずきながら、何やら感慨深げに言うのだ。「なるほど、あんたが何者かやっと思い出したよ。実はここにいるみんなが、同時にあんたの夢を見ているんだが——」

すると、口いっぱいに芋を詰め込みながら男は応えて言う。

「実に美味い芋だ。美味い、美味い。栗より甘い十三里とはよく言ったものよ。ほほう、朕のことを夢に見たか。しかし、それはまたどうしてだ？　ここは常世《とこよ》の国のはず。誰も死なない村に朕の出番はないはずだが」

それには郵便局長が一言で喝破して曰く、「要は、ヒマってことよ」

次いで、「お宅こそ、どうしてこんなところで腹を空かせているのだ？」元村長が尋ねると、

「朕のほうこそヒマなのだ」男は言い、こう続けたものだった。

「近ごろは神も仏もない、という話は千年以上前から朕も聞いてはおったが、二十一世紀のいま、いよいよ人の死というものもあいまいになってきて、いざ死んでみればきちんと成仏もさせてもらえずに、遺灰を海へ撒かれたり、桜の下に埋められたり。死者自身もそういうのが望みなのだそうな。おかげで、自分が死んだことも分かっていないトンチンカンも増えて、ときに死霊になって祟ってみたはいいが、テレビの娯楽番組で心霊写真だの除霊の祈禱だののネタにされる始末だ。いや、お墓がある場合でも、そこに私はいません、千の風になって吹いています、などと大声で歌われておる。そんな中途半端な死者だらけでは、中有《ちゆうう》もなければ冥界の十王による審判もないのは分かっていただけよう」

「まあ、現世というのはそれだけ楽しいし、誰も死にたくないが、死ぬときは死ぬ。そこで、せめて千の風にでもなって現世に張りついていようというのが当世の風潮ではあるな」元村長が言えば、「おかげでうるさくて往生するよ。死んでせいせいしたと思ったやつが、そのへんでぶいぶい言わせてやがるんだからな」などと郵便局長がうそぶいてみせる。

「いやまあ、死んで地獄に堕ちたい者などいるわけもないのは朕もよく分かっておるが、ならば極楽浄土はどうかといえば、あちらも閑古鳥だそうな。そうそう、アミダとかいう女子が来なかったかな？　この間東京の秋葉原でばったり会ったら、化粧ばっちり、コスプレばっちりの、あんた誰という若作りの恰好で、そのうちこの山へも寄りたいとかぬかしておったが」

男はむしゃむしゃ口を動かしながら言い、元村長は白けた思いで応えて曰く、「アミダというと、如来の阿弥陀かね？　だったら、私らに用はないね」、と。

「ホッホッ、言えておるな。ともかく地獄も浄土も空っぽということは、要は当世ではもはや正しく死ぬということが忘れられているか、意味を失っているということではある。そして、どちらにしろ朕の商売は上がったりというわけで、いざそうなってみると、それはもうヒマでヒマで——。何もすることがないというのが、これほど辛いものだとは。いや、退屈なだけならまだしも、マジで失業の危機ではある。そこで一念発起して、学習がてら久しぶりに地上に出てきてみたら、これが困ったことにけっこう楽しいものであってな、ホッホッ。それに近ごろは、どこへ行ってもコミックのキャラクターのコスプレが流行っておるから、朕の姿恰好でもまったくOK。ノープロブレムというわけで、ふらふら遊び歩いておるうちに、この地上でいう、いわゆるホームレスというやつになってしまったというわけだ、ホッホッ。いや、それにしても美味い芋だ」

「なるほど、確かにホームレスに見えなくもない」四人は納得してうなずく一方、少し腹がくちくなって余裕が出てきた男はさらに続けて言う。

「いや、遊んでおったというのは冗談。遊びもしたが、いろいろ学習をしておったのだよ。冥界の責任者としては、何より地獄に閑古鳥が鳴いておる現状を何とか改善して、経営を建て直さなければ、使役の獄卒どもに給料を支払うこともできない。彼らとてただで働いているわけではないし、養わなければならない家族もある。それを考えれば、コストカットのために非正規雇用で間に合わせるというわけにはゆかないのだよ。だから固定費のうちの人件費だけは削りたくなかったのだが――」

「ああ分かるとも。元村長として、責任者たるものの気持ちはよく分かる。親方日の丸でもなし、銀行に融資を頼めるわけもなし。お宅も苦労するねえ」元村長が深くうなずく。

「いや、分かっていただいてうれしい。地獄に堕ちる者が減ったということは早い話、冥銭が入らんということだし、この世もデフレで貧困世帯が増えているせいか、近ごろは冥銭をもたずにやってくる死者までおるのでな。ともあれそういうわけで、お恥ずかしい話だが、現状を言えば、赤字続きで焦熱地獄の釜の火も止めるほかなかったし、焦熱と大焦熱を合併縮小したり、等活地獄を廃止したりもしたのだが、現業のほうのリストラだけでは追いつかないので、いまでは書記官も自宅待機させておるようなありさまなのだ」

「つまり、昨今の地獄はほとんど閉鎖状態、いや倒産寸前というわけか。なるほどこの山も、本来行くべきところに行かずに留まっている死者たちの気配でやたら騒々しいわけだ。いやなに、この山は昔から自殺の名所なもので」元村長がさらに感慨深げに言えば、「いやしかし、いまどき時流に乗り遅れたあんた方のほうにも責任があると言うべきだな。どんな栄華も永遠には続かないのだ」元助役がしたり顔で言い、「老婆心で忠告するけど、世の中には再生できるものとそうでないものがあるのは分かってる?」キクエ小母さんが口をはさみ、「実際、いまどき地獄というコンセプト自体が古すぎるからな。テーマパークとしても難しいという気はするね」と郵便局長がしめくくる。

「まさにそこだ。あんた方はみないい勘してているねえ。地上で最初に学習したのが、あちこちのテーマパークや遊園地だったよ。東京ディズニーランドに始まり、花やしきだのとしまえんだの。大阪のUSJや長崎のハウステンボスも見て回ったが、エキサイティングという意味では共通しているものの、片や最大級の娯楽、片や最大級の苦しみでは土台、コンセプトの時点で参考にするには無理があるというほかはない。そこで切り口を変えて、日帰り地獄巡りツアーなどというのも考えてみたのだが、もちろん体験はきついから無しにして、見学だけだ。そうすれば、巷のお化け屋敷など目ではない、最大最強のホラーとして話題になるのではないだろうか。ほかには、地図のない秘境のなかの秘境というコンセプトも使えるだろう。朕の見たところ、現代人はひたすら刺激に飢えているようでもあるし。費用は、昼食の豪華バイキングも付けて一万円ぐらい。そう、お土産も付けてもいい。いざツアーが始まれば、グッズの販売も考えよう。さて、これが朕の地獄再建計画その一なのだが、ぜひ聡明な諸君のご意見を伺いたいものだ」

　そう言われて、四人組はあらためて顔を見合わせた。揃って同じ夢を見たというのも何かの因縁ではあるのだろうが、それにしても見たのが尾羽をうち枯らした閻魔さまとは、あまりにしけているではないか。こんな話にどこまで付き合うのか、ここは早めの踏ん切りが必要ではないか——といった計算が四人の頭を駆けめぐる一方では、地獄巡りツアーなるものに好奇心を刺激され、涎が垂れそうになる。なにしろ面白いことも尽きかけて、数日来すっかりしけていたのは自分たちとて同じなのだ。

「地獄巡りねえ——」元村長はもったいをつけて言う。「よもや別府のそれと混同されはしないと思うが、当世はみんな旅行慣れして目が肥えているからなあ——」「まあ、究極の恐いもの見たさというやつに懸けてみるという手もある」元助役が言い、「そうよ、そんじょそこらの刺激では満足しなくなったあたしたちにぴったりの企画じゃないの」キクエ小母さんが笑えば、「かの地にかわい子ちゃんはいるのかな?」郵便局長が首をつきだし、すかさず男が応えて言う。

「冥界基準のかわい子ちゃんはいるが、たぶんあまりぴんと来ないだろう。しかし、あなた方の基準に合わせたきれいどころを用意するぐらい簡単なことだ。女性客のためにはイケメンも揃えられる。とはいっても所詮、馬頭《めず》のかわい子ちゃん、牛頭《ごず》のイケメンといった具合で、人間でないのは了解していただきたい」

「ちなみに、再建計画その二は？」元村長が尋ねると、即座に「よく聞いてくれた」という返事がある。曰く、

「その二は、ツアーで客を呼ぶのと反対に、こちらからデモンストレーションに出向くもので、名付けて百鬼夜行。今回地上でしばらく暮らしてみて、日本人の妖怪好きに驚いたのだが、ならば冥界にいる本物たちに遇ってもらわない手はなかろう。彼らもヒマをもてあまして、最近では自分が異形だという自覚に欠ける者も出てきておることだし。もっともデモンストレーションといってもわりに無芸な連中なので、駅前に並べて募金を募るか、有料の撮影会ぐらいが関の山だとは思うが、多くの人に関心をもってもらえれば、それが地獄巡りツアーのほうの成功にもつながるだろう。これもなかなか悪くないアイデアだと自画自賛しておるのだが、どんなものだろうか」

「本物が現れるなら、話題にはなるだろうが――。いやいや、ここはいま一度冷静に考えてみよう。地獄巡りにしろ百鬼夜行にしろ、お宅の与太話ではないとすれば間違いなく史上初となる話だし――」

　そうして元村長があえて話を引き戻し、念には念を入れたのも当然ではあった。いくら閉鎖寸前でも地獄は地獄であったし、ただでさえ金欠のところにツアーのために新たな投資などをした場合、仮に不人気で人が集まらなければドツボになる。また昨今の情報化時代に、たとえば百鬼夜行でフィーバーしてしまうと、それこそ収拾がつかなくなる可能性もある。否、それ

以前に、そもそもこの青い皮膚の男がたしかに閻魔だという証拠もないし、一つ間違えば、それこそ本物のオレオレ詐欺になるというものだ。

「私らはお宅の正体を疑っているわけではないが、突然のことでもあるし、ツアーの話の前にまずは身元の確認をさせてほしい。運転免許証や健康保険証といっても無理だろうが、何か身元の確認ができるものはお持ちかな？」

「身元の確認？」男は思いのほか愛嬌のある赤い眼をくりくりさせて一寸考える素振りをすると、「こんなのはどう？」と言うやいなや口から火炎をボーッと噴き出してみせ、これには元村長らも思わず「ほう！」と歓声を上げげた。さすがに両者、なんともノリのいいことではある。

「ほかには？」元村長らがつい身を乗り出すと、「じゃあ、これは？」男が突き出した片手の指先から、五本の鉄の爪がビュッ。すると元村長らは「おお！　ウルヴァリン！」

「いやいや、遊んでおる場合ではない。まあ人間ではないということで、ひとまずよしとしよう。ところでお宅、肌が青いところを見ると、出はインドのほうかな？」

「ピンポーン。と言いたいところだが、正確にはインドと日本の混血でな。ヴェーダのヤマでもあるし、地蔵菩薩でもある。閻浮提《えんぶだい》の下すなわち冥界での名前が閻魔ということだ」

「では、正確にどの方向から来られたのかな？」

「もちろん下だ。一部に信じられておる鉄囲山《てっちせん》ではない。ただし地下といっても、倶舎論《くしゃ》に説かれているような途方もない深さでないことは、地球の大きさを考えれば自ずと理解できよう。

ほらいつだったか、この村にも地底旅行をしてきた男が現れたことがあったろう。地下の有毒ガスを浴びてハゲになった男が。朕の住処は、あの男が堕ちた地下世界とわりに近いところにあると思ってくれたまえ」

「しかし――それにしても、どうしてまたこんな村に迷い込むことになったのだ？　秋葉原にそのままでいたほうが、ホームレス生活でも不自由しないだろうに」元村長があらためてそう尋ねたときだ。自称閻魔は二秒沈黙した後、ふいに口角に牙をむきだしてにんまり笑い、次いで再び赤い眼をぐるりと回して言ったものだ。

「そうだな――。ひとまず秋葉原には朕の波長に合う者がいなかった、と言っておこう。これでもけっこう好みがうるさいほうでな。そうそう、かの地でばったり出くわしたアミダも、朕の好みではない。これは当人には内緒だがな。いやともあれ、諸君の村が発している特別に妖しい芳香は、冥界にいても朕の鼻をくすぐっておったし、いずれ訪ねるつもりにはしておったのだ。その前にうちのほうが経営破綻寸前になってしまって、来るのが遅くなってしまったが」

それを聞きながら元村長ら四人はほんの少し悪寒を覚えた一方、いつもとは違う沈静とともにこれもずっと前から分かっていたことであるような心地になり、代表して元村長が一言いったものだった。「そんなに持って回った言い方をせずともいいのに」と。

するとと閻魔のほうも、また一寸にやりとして「だったら、呼びにきたとでも言えばいいのかな？」と応じる。「ああいや、常世の国の諸君を冥界に呼ぶわけにいかないのは朕も知っておるわ。いや、もっと正確に言えば、朕の力をもってすればこの世に不可能はないのだが、実のところ諸君は、地獄に招くには一寸善行を重ね過ぎておる。とくに諸君に対するこの山の四つ足や鳥や川の生きものの信頼は絶大だ。そうそう、光る豚公もおったな。小学生に食われそうになっていたところを、命を助けてやったんだって？　まあ、そういうわけで残念ながら諸君を呼ぶためにはツアーしかないわけだ。地獄巡りツアー」

「つまり地獄の閻魔が、このジジババたちとガチで遊ぼうってのかい」郵便局長が言い、「しかしこのあたしらが善行を重ね過ぎているなんて、世も末だね」キクヱ小母さんが言い、「どうりでこのごろ何につけ、キレが悪いはずだ」元助役が言い、「しかし、私らを呼ぶと高くつくよ」元村長が言う。

「承知の上だ。朕も刺激がほしいのだ。たとえば流行りのゲームはなんでも手に入るが、対戦相手がいない。個人的には与太話が大好きなのだが、獄卒どもは真面目一方で冗談が通じない。地獄とて時流に合わせて情報公開をしたいが、理解者がおらぬ。獄卒の子どもらにも、もっと国際感覚を身につけさせたいのだが、それには諸君のような外部の人材が不可欠なのだ。将来に備えて地獄も換骨奪胎せねば。ああいや、マジな話をしすぎたわい。話半分に聞いてくれたまえ」

「たしかに、お宅にはあまり似合わない話ではあるな。それで、冥界の入り口はどこにあるって？」

「三途の川を渡った先に七日毎にやってくる審判の門があって、そこをくぐったところに穴がある。穴といっても、そのつど自在に現れては消える砂漠の流砂のようなものを想像したらよい。死者は呑み込まれたら最後、出られないが、ツアー客のためにはもちろん別の通路を確保しよう。そうだ、ディズニーシーのセンター・オブ・ジ・アースのアトラクションのように、レールを敷いてトロッコを走らせるというのも一興よのう――。いや、もちろん先立つものがあっての話だ。よほど大きな協賛相手を見つけなければ無理なことは朕も分かっておる」

「まあ、テレビなら間違いなく乗ってくるだろうけどさ」キクエ小母さんがふと醒めた顔で言い出したものだった。「お宅がツアーまで企画して地獄に人を呼ぼうと思うのが、経営建て直しの一環だというのは分かるけども、そもそも地獄の話だよ。見せ物にして日銭を稼いだところで、その場凌ぎにしかならないんじゃないのかい？　それよりも、地獄に閑古鳥が鳴いている根本的な理由を考えると、大事なのはまともな死者を増産することだと思うけどね」

「実に正論だが、それが出来れば苦労はない。三途の川だって、近ごろは上流からの土砂の流入で荒れてしまって浚渫《しゅんせつ》工事が必要なのだが、それにも金がかかるのだ」男は言い、

「口を開けば金、金、金。まったく情けないったらありゃしない。お金なんて、天下の回りものじゃないか。あたしたちは別だけど、ふつうの人間は寿命が来たらきっちり死ぬことは死ぬ。だのに浄土も地獄も空っぽなのは、要はあんたたちがサボっているということじゃないのか

い？　たとえばお坊さんたちが死者にちゃんと引導を渡さないから、千の風になって吹いちゃったりするんじゃないのかい？　だったら日帰りツアーもいいけど、まともな死者を増やすためにも、まずはお坊さんや葬儀会社と協定でも結んだほうがいいよ。少しはリベートも渡してさ」

「なるほど、葬儀会社までは思いつかなかったな。仰るとおり、審判の門を開けて死者をただ待っているだけでは、努力不足だったのかもしれない。早速、事務方に言って、葬儀会社と全日本仏教会にわたりをつけさせよう。彼ら坊主も地獄には堕ちたくないだろうから、リベートも無茶な額は提示してこんだろう。いや実にいい話を聞いたわい」などと言いながら、男はその場で携帯電話を取り出すと、「さすがにスマホはまだつながらんが、ガラケーのおかげで地獄間の連絡も楽になったよ」などとうそぶいた後、どこかへつながったそれを耳と口に当てて話し始めたものだった。ただし、声は声でも風洞に吹く風のような音の塊であり、人間の言葉ではなかったので何を話していたのかは分からない。

そうしてパチンと携帯電話を閉じると、ご機嫌な様子で曰く、「うちの事務局長も喜んでおったよ。人は毎日いやというほど死んでおるのだから、葬儀会社との連携さえうまくゆけば、明日からでも早速地獄に死者が流れてくるだろう。そうなると、馬頭牛頭どもも久々に腕がなるというものだし、朕もこんなところで油を売っているわけにはゆかなくなる。いや、すべて諸君のおかげだ。これはもう諸君をぜひともわが冥界へ無料招待せねばならぬ。どうかね、朕が案内するので半日コースでぜひ地獄巡りに来てくれたまえ。いやもう、ぜひお願いする。わが地獄へぜひ、ぜひ、来てほしい。血の池にある三つ星レストランで秘伝の閻鍋料理をご賞味いただきたい。いや、そんなものは気が進まないというのであれば、地上の三つ星レストランからお好きなものを調達してしんぜよう。あ、そうそう。鬼のブレークダンスもぜひ観ていってほしい。獄卒といっても、いまや芸の一つもできなければ生き残れないということで、朕が厳しくしつけた成果をな」

男——否、閻魔大王ともあろう者が上体を九十度に折っただけでは足りず、ほとんど涙目で懇願したもので、なるほど獄卒たちに事前に地上の観光客第一陣が来ることをすでに吹聴してしまったために、いまさら手ぶらで帰れないのだろうな、などと推し量りながら、元村長ら四人組はともかく一世一代の掘り出し物を見つけた静かな興奮が半分、ここらへんが潮時という大いなる諦観が半分のいわく言い難い思いで「まあ、お宅がそれほど言うのなら、その熱意に応えない理由もなし」などと偉そうに応じた、そのときだった。

元助役が窓の外の旧バス道に目をやるやいなや「あ——」と声を上げ、ほかの三人と閻魔がつられてその方向を見ると、タヌキの父さんの先導でダチョウにまたがったミニスカートの金髪女がこちらに向かってくるではないか。とたんに閻魔が叫んで曰く、「うわ、出た——」

一方、タヌキの父さんが早速言うには、「山道で偶然会ったんですが、ひどい女もいたもんですぜ！　ダチョウが女に追いかけられて逃げてくるから話を聞いたら、この女、空を飛べないのは鳥じゃないということで、ダチョウが空を飛べるよう昇天させてやると言うんですわ。たとえ空を飛べなくてもダチョウはダチョウ。これで十分仕合わせなのは、こいつの顔を見たら分かりそうなものなのに。この女、名前はアミダとかいうそうですが、もぐりですぜ、きっと」

「何がもぐりよ、このポンポコ親爺！　あたしが殺生するわけがないでしょ。それこそ、あたしのホトケ顔を見たら分かりそうなものだけど。所詮四つ足は四つ足よね、まったく失礼しちゃうわ。一寸、ダチョウさんと遊んでいただけじゃないの。ああやだ、田舎の楽しみと言ったら、ダチョウと雪男ぐらいだってのに——。うわ、そこにいる青いの、ひょっとしてエンマ？　お腹空かせてそのへんでのたれ死にしたかと思っていたのに、復活しているじゃない！」

「ホッホッ、栗より美味いふかし芋のおかげよ。朕が全部食っちまったからお前さんの分はないけどな」閻魔が言えば、

「ふん、田舎くさいお芋なんか」女はぷいと吐き捨て、続いて曰く、「あたしはそこにいる四人組に用があって来たんだよ、エンマには用はないから引っ込んどいてくれる？」

「それはこちらの台詞だ。あとから割り込んできて厚かましいにもほどがある。お前さんこそ引っ込んでいろ」

そう食ってかかった閻魔を、四人組がひとまず遮って曰く、

「私らに用があるって？」

そう聞き返しながら、四人組はふと、自分たちの見た夢にはこの女も登場していたことを思い出しており、可笑しいやら脱力するやらだったが、これで揃うべき役者が揃ったということなら、大いに喜ばしい話ではあった。

「こっちこそ、ちょうどあんたの話をしていたのだよ。まあよく来た、よく来た。さあ、お入り。芋はないが、お茶と草加せんべいならある。閻魔の旦那もまあ落ち着いて。そうそう、ポンポコのとっつぁんも一緒にどうだい？」元村長が戸口から呼びかけると、「あら、おせんべい大好き！」女はひらりとダチョウから飛び下りて、さっさと郵便局兼集会所へ入ってきたものだった。

そうして、醬油せんべいをばりばり齧り、お茶を啜ってはまたばりばりせんべいを食いながら、女もまたひととおり地上に降り立った理由を語ったのだが、煎じ詰めれば冥界と同じ理由で死者が減った結果、浄土の経営も楽ではなくなり、現世の事情を覗きにきたというようなことだった。

「でもね、それだけじゃないの。正直、善男善女しかいない浄土って退屈なのよね。救われた歓喜や幸福な安寧なんて、たまにしかないからありがたいんであってね、無量劫《むりょうごう》の時間の全部が喜びだけだなんて、マジで地獄よ。喜怒哀楽のある地上世界って、ほんと最高。だから、たとえ生老病死があっても、やっぱり地上がいいというのがあたしの結論だけど、立場上、浄土に戻らないわけにもゆかないし。そこであたし、決めたの。浄土の退屈を少しでも紛らすために、この四人組を招待することにしたから、よろしくね！」

「残念でした。この四人はうちのツアーに招待済みだ」閻魔が言えば、「冗談は顔だけにして。地獄巡りなんて別府温泉の二番煎じじゃないの。だいいちお宅のところ、電気代を払えなくて電気を止められているんじゃなかった？　電灯もない真っ暗闇で何がツアーよ」アミダが言い、「電灯はなくとも、火ならそこらじゅうで轟々と燃えておるから真昼のように明るいわ」閻魔が言い返すと、「嘘おっしゃい。経費節約で釜の火も止めたって聞いたわよ。上から見ても、最近のお宅のところは真っ暗けっけのけ」アミダが投げ返し、「うるさいわ、そんなレディー・ガガみたいな化粧でよく如来をやっておるな」閻魔が怒鳴り返すと、アミダ曰く「そっちこそ閻魔の分際——もとい地蔵菩薩の分際で何をぬかすか。菩薩より如来のほうがはるかに身分は上なんだよ。悪いけど、あたし、悟りをひらいちゃってるもんね。お宅なんか、まだ修行中じゃないの。ホームレスをしているうちに、お腹が空きすぎて忘れちゃった？」

　それを聞いていた元村長らはついに笑いだした。そうして閻魔には「口では女にかなわんよ」と諭し、アミダには「でも、化粧は確かに濃すぎるな。地上世界の主流はナチュラルメイクなんだよ」と諭して、「さて、あんたたちの子どもみたいな張り合いには大いに笑わせてもらったが、ここで私らの結論を言おう」と続けたものだった。そして曰く、

「第一に、善人なんて反吐が出る。私らは退屈な善人にはなる気もないし、善人であったこともない。——ああいや、ポンポコたちは別。山の生きものはみな友だちだ。しかし、人間は嫌

い。社会秩序も嫌い。勤勉や労働はとんでもないし、嘘もつけば、人も騙す。ひるがえって好きなものは一に金、二に金、三四がなくて五に異性、もしくは美食、もしくは名誉といったところだ」

「ステキだわ〜」アミダがうっとりと微笑み、「いや、実にグッとくるねえ」閻魔もにんまりして相槌を打つと、「いや、ありがとう」元村長は軽く一礼して、さらに続けた。

「さて、そんな私らだが、この冬は少々ヒマを持て余していて、何か面白いことはないか、探しておったところだったのだ。そこへ飛んで火にいる夏の虫のごとく現れたお二人の提案に、あえて乗らないという手はないだろう。ただし浄土も地獄も甲乙つけがたいし、お二人をいがみ合わせたくもないので、交互に両方へお邪魔することとしたい。どうかね？」

「ほら、そういうところが善人なんすよ——」

タヌキの父さんが感慨深げにぽろりと洩らしたとき、四人組も閻魔もアミダも、早くも半分ほど透明になっており、見る間に薄くなってゆく四人が賑やかに手を振りながら、「お土産を楽しみにな！」「うちの吊るし柿を取るなよ！」「冷蔵庫のなかの蒸し羊羹は食っていいぞ！」「悪いけど、あたしの編み物、そのへんに突っ込んでおいて！」「みんなによろしく！」などと口々に言い残してゆき、タヌキの父さんが何か言葉を返そうとしたときには、全員の姿が煙のごとく失せてしまっていたのだった。

その日の午後、郵便配達のタニシがいつものように集配に現れたとき、郵便局のカウンターにはタヌキが一匹、鉛筆の端を齧りながら退屈げに坐っていたもので、「みんな、どこへ行った？」タニシが尋ねると、「旅行っす。留守中はあっしが郵便局を預かりやすんで、よろしく」タヌキは言い、「へえ、まあいいけど。お茶ぐらい淹れろや」タニシは呑気に応えて、ストーブの前に坐りこんだ。それから、床下を聞き覚えのある遠い笑い声がよぎったような気がしてふと耳をすませてみたが、すぐに気のせいだと思い直し、「寒っ！」と独りごちるのだ。

初出

「四人組、怪しむ」（「明るい農村」を改題）「オール讀物」二〇〇八年二月号
「四人組、夢を見る」「オール讀物」二〇〇九年一月号
「四人組、豚に逢う」「オール讀物」二〇〇九年六月号
「四人組、村史を語る」「オール讀物」二〇〇九年七月号
「四人組、跳ねる」「オール讀物」二〇〇九年八月号
「四人組、虎になる」「オール讀物」二〇〇九年九月号
「四人組、大いに学習する」「オール讀物」二〇一二年十一月号
「四人組、タニシと遊ぶ」「オール讀物」二〇一三年一月号
「四人組、後塵を拝す」「オール讀物」二〇一三年四月号
「四人組、危うし！」「オール讀物」二〇一三年七月号
「四人組、伝説になる」「オール讀物」二〇一三年十月号
「四人組、失せる――」「オール讀物」二〇一四年一月号

装画　影山徹
撮影　青木昇
装丁　多田和博

四《よ》人《にん》組《ぐみ》がいた。

2014年8月10日　第1刷発行

著　者　髙《たか》村《むら》薫《かおる》

発行者　吉安章

発行所　株式会社　文藝春秋

〒102-8008　東京都千代田区紀尾井町3-23

電話　03-3265-1211

印刷所　精興社

製本所　加藤製本

万一、落丁、乱丁の場合は送料当方負担でお取替えいたします。
小社製作部宛にお送りください。定価はカバーに表示してあります。

ISBN 978-4-16-390102-2